WAT-TYLER,

OU

DIX JOURS DE RÉVOLTE,

ROMAN HISTORIQUE,

Par A. J. B. DEFAUCONPRET,

AUTEUR DE MASANIELLO, JEANNE MAILLOTTE, ETC.

TRADUCTEUR DE TOUS LES ROMANS HISTORIQUES DE SIR WALTER
SCOTT; DES ŒUVRES DE M. COOPER, AMÉRICAIN, ETC.

*Nihil tam firmum est, cui periculum
non sit etiam ab invalido*

Quint Curt.

TOME SECOND.

PARIS,

LIBRAIRIE DE CHARLES GOSSELIN,

SEUL ÉDITEUR DES ŒUVRES COMPLÈTES DE SIR WALTER SCOTT,

RUE DE SEINE, N° 12.

LIBRAIRIE DE LECOINTE ET DUREY,

Éditeurs des Œuvres complètes de madame de Genlis,

QUAI DES AUGUSTINS, N° 49.

M DCCC XXV.

WAT-TYLER.

PARIS, IMPRIMERIE DE COSSON, RUE GARANCIÈRE.

WAT-TYLER,

OU

DIX JOURS DE RÉVOLTE,

ROMAN HISTORIQUE,

Par A. J. B. DEFAUCONPRET,

Auteur de Masaniello, Jeanne Maillotte, etc.

Traducteur de tous les romans historiques
de sir Walter Scott, etc., etc.

3771

Nihil tam firmum est, cui periculum
non sit etiam ab invalido.

Quint-Curt.

TOME SECOND.

PARIS,

LIBRAIRIE DE CHARLES GOSSELIN,

Seul éditeur des œuvres complètes de sir Walter Scott,
RUE DE SEINE, N° 12.

LIBRAIRIE DE LECOINTE ET DUREY,
QUAI DES AUGUSTINS, N° 49.

M DCCC XXV.

WAT-TYLER,

OU

DIX JOURS DE RÉVOLTE.

CHAPITRE PREMIER.

> Plus de ménagemens, de pitié, ni d'égards ;
> Le feu, le fer, le sang, voilà mes étendards.
>
> CRÉBILLON.

Dans la soirée de la bataille de Blackheath, Jack Straw et Tom Miller avoient traversé la Tamise à Green-

wich, à la tête d'une dixaine de mille
hommes, pour aller propager au nord
de Londres le feu de la rébellion. Dès
qu'ils furent sur l'autre rive, ils se sé-
parèrent après s'être donné pour rendez-vous général la plaine d'Enfield-
Abbey, dans le comté de Middlesex.
Tom Miller devoit parcourir le comté
de Buckingham; Jack Straw se chargea de celui d'Essex, et il mit Piers à
la tête d'un détachement qui, après
avoir traversé le comté d'Hertford, devoit entrer dans celui de Bedford.

Ces divers détachemens eurent partout le même succès. Partout les villa-
géois et la populace se joiguoient à leurs
bannières. C'étoit la pelotte de neige
tombant du haut d'une montagne, et
qui devient une avalanche quand elle
arrive dans la plaine. Cependant les

insurgés de ce côté de Londres com-
mirent en général beaucoup moins d'excès que ne l'avoient fait ceux des comtés de Kent et de Surrey. Cette diffé-
rence étoit due au caractère de leurs
chefs, qui n'étoient pas sanguinaires.
Piers étoit un jeune homme dont la
tête ardente s'étoit exaltée ; il vouloit
mettre fin à l'esclavage du peuple, mais
il ne vouloit pas qu'il devînt oppresseur
après avoir été opprimé. Les mots *affranchissement* et *liberté* lui suffisoient
pour attirer sous ses drapeaux une
foule immense ; il faisoit respecter les
personnes et les propriétés, et s'il se
passa quelques désordres partiels sur
la ligne qu'il suivit, c'est qu'ils étoient
inévitables dans un rassemblement tu-
multueux de dix à douze mille hommes
qui étoient déjà sous ses ordres à la fin
du second jour.

Le meunier Tom Miller n'avoit pas plus de dispositions à la cruauté : il avoit au contraire l'humeur joviale, rioit de tout, et ne songeoit qu'à grossir sa troupe, convaincu que plus elle seroit nombreuse, moins il seroit possible de lui résister, moins on seroit obligé de verser de sang.

Le féroce boucher, Jack Straw, fut le seul qui, sur la rive gauche de la Tamise, se montra précédé par la terreur et suivi par la désolation : il ne cherchoit qu'à répandre partout un esprit de haine et de vengeance ; le pillage, le meurtre et l'incendie, marquoient partout son passage ; tous les nobles qui tomboient entre ses mains étoient massacrés sans pitié : ni l'âge ni le sexe ne pouvoient obtenir grâce de ce farouche brigand, et plus d'un château fut brûlé par ses ordres avec tous les habitans qui s'y trouvoient.

C'étoit cette troupe que le comte de Rutland avoit aperçue près d'Ilford en retournant à Londres, et s'il n'avoit eu la prudence de l'éviter en faisant un circuit, ni lui ni aucun de ses cavaliers ne seroient jamais arrivés dans cette capitale. Continuant à suivre le Roding, Straw incorporoit à son armée, chemin faisant, toute la population des campagnes, et il marchoit sur Waltham, quand, s'étant détaché avec environ cinq cents hommes pour aller brûler un château situé dans l'intérieur des terres, un habitant de Deptford, qui faisoit partie de son corps, vint lui dire qu'il venoit de voir Alix entrer dans l'abbaye d'Abing, qui n'étoit située qu'à peu de distance :

— La fille de Wat-Tyler! s'écria
Straw.

— Elle-même.

— En es-tu bien sûr?

— Je l'ai vue assez souvent pour ne
pas me tromper.

— Lui as-tu parlé?

— Non, j'étois seul, et plusieurs
cavaliers l'accompagnoient.

— Ce sont sans doute ses ravisseurs.
Il faut la délivrer. Cela change mes
projets; mais qu'importe? au lieu d'un
château, nous aurons le plaisir de brûler une abbaye.

Et donnant sur-le-champ de nouveaux ordres à sa petite troupe, il marcha vers l'abbaye d'Abing, l'habitant de Deptford qui lui avoit donné cet avis lui servant de guide.

C'étoit un édifice gothique, situé dans l'intérieur de la forêt d'Epping, à environ trois lieues du château du duc d'Hereford. Cette abbaye étoit une des plus riches maisons religieuses d'Angleterre, tous les seigneurs des environs lui ayant fait depuis deux siècles, suivant l'esprit du temps, des donations considérables. L'abbesse en étoit toujours choisie dans une des familles les plus distinguées, et, comme nous l'avons dit, c'étoit une parente de la duchesse d'Hereford qui étoit alors revêtue de cette dignité.

On venoit de chanter les vêpres

quand on vint l'avertir que l'archevêque
d'York demandoit à lui parler. Les
portes s'ouvrirent aussitôt pour faire
entrer le prélat qui, lui ayant appris
le motif de sa visite, lui présenta Alix,
lui conta brièvement son histoire, et la
recommanda à ses soins.

— Vous pouvez y compter, lui dit
l'abbesse : à l'intérêt que prennent à elle
votre grandeur et ma cousine la duchesse se joint celui qu'inspire sa situation. Prenez courage ; ma fille,
Dieu a jusqu'ici protégé votre inno-
cence; espérez en lui, et il ne vous
abandonnera pas.

Elle fit servir une collation à l'archevêque, et il se disposoit à prendre
congé d'elle, quand un grand bruit se
fit entendre, et quelques religieuses

accoururent , la pâleur sur le visage.

— Sainte mère, dit l'une d'elles, on
enfonce la porte du couvent !

— Elle est enfoncée , dit un des
archidiacres en s'approchant d'une
fenêtre donnant sur une cour dans
laquelle étoit un beau couvert en
tilleuls.

D'autres religieuses arrivèrent, et
chacune avoit sa nouvelle à annoncer.

— Des hommes armés entrent dans
le couvent, dit l'une.

— On pille l'église, dit une autre.

— On prend le foin et la paille dans
la grange, dit une troisième.

— Qu'allons - nous devenir ? s'é-
crièrent-elles en chœur ; que la sainte
Vierge nous protége !

— Je vais leur parler, dit l'archevêque ; peut-être pourrai-je faire entendre à ces furieux le langage de la
raison.

Il alloit sortir de l'appartement
quand la porte s'en ouvrit, et Alix y
vit entrer Jack Straw, John Ball, et
quinze à vingt hommes armés qu'elle
ne connoissoit pas. Le premier senti-
ment qu'elle éprouva fut un mouvement de joie en revoyant les amis de
son père, mais il ne fut pas de longue
durée.

Straw la distingua aussitôt au milieu
du troupeau de religieuses éplorées qui

l'entouroient. Il s'avança vers elle, et
la tirant par le bras : — Eh bien, Alix,
lui dit-il, j'arrive à propos, n'est-ce
pas? Allons, allons, ne craignez plus
rien ; avant trois jours vous serez à
Londres, et vous y reverrez votre
père.

— Mes bons amis, dit l'archevêque,
quelle fureur aveugle vous fait entrer
ainsi par violence dans la maison du
Seigneur? Quel mal vous ont fait de
pauvres femmes qui ne sont occupées
nuit et jour qu'à prier pour vous ?
Pourquoi commettre un sacrilége qui
peut.....

Straw l'interrompit. En arrivant à la
porte du couvent, il y avoit trouvé les
deux domestiques de l'archevêque, qui
gardoient les chevaux de leur maître

et des deux archidiacres qui l'accompagnoient,

— Que faites-vous ici? leur dit-il.

— Nous attendons notre maître.

— Qui est votre maître?

— L'archevêque d'York.

— N'est-ce pas lui qui vient d'amener ici une jeune fille?

— Oui.

— Eh bien, il n'a plus besoin de vos
services; allez vous-en. M'entendez-
vous? allez vous-en, ou je vous fais
pendre à l'instant.

Ils hésitoient encore; mais quand

ils virent qu'on préparoit des cordes ,
ils profitèrent de la permission qui leur
étoit accordée, et s'éloignèrent à toutes
jambes.

Ce fut alors que Jack Straw fit en-
foncer la porte de l'abbaye , présumant
bien qu'il seroit inutile de demander
qu'on la lui ouvrît.

— Je n'ai que faire de vos sermons,
dit-il à l'archevêque ; quand j'en veux
entendre, j'ai ici mon chapelain, mon
prédicateur, et les siens valent mieux
que les vôtres, je vous en réponds. Et
en même temps il frappa un grand
coup sur l'épaule de John Ball. Mais
seriez-vous l'archevêque d'York par
hasard ? ajouta-t-il.

— C'est moi-même, répondit le
prélat.

— C'est bon. C'est pour vous que je suis venu ici. Et vous autres, qui êtes-vous ?

— Archidiacres.

— Archidiacres ! Qu'est-ce que c'est que ça ? demanda-t-il à John Ball.

— Une dignité ecclésiastique, une invention de Bélial. Il n'y avoit parmi les apôtres ni archidiacres, ni évêques, ni archevêques.

— J'entends, j'entends ; des oiseaux du même plumage. Eh bien ! il ne faut pas les séparer. Allons, John Ball, emmène-les, et que cela soit bientôt fait ; il est temps de partir pour Waltham.

John Ball fit saisir l'archevêque et

les deux prêtres, et les emmena dans la cour de l'abbaye.

—Où les faites-vous conduire? demanda Alix à Jack Straw avec inquiétude. Songez que l'archevêque est mon libérateur : c'est lui qui m'a tirée des mains d'un seigneur qui m'avoit emmenée dans son château.

— Oui dà ! Le vieux coquin ! Et savez-vous pourquoi il vous a délivrée?

— Par esprit de bienfaisance et de charité chrétienne.

— Un archevêque ! ha ! ha ! ha ! Je vais vous le dire moi; c'est parce que vous êtes jolie, et qu'il vouloit vous confisquer à son profit!

— Vous rendez bien peu de justice

à cet homme respectable; mais je vous en supplie, Jack Straw, qu'on ne le maltraite pas!

—Oh! ne craignez rien; nous ne sommes pas des barbares; on ne le fera pas souffrir: dans cinq minutes il n'aura plus rien à craindre. Eh bien! vous autres, dit-il aux religieuses épouvantées, qui trembloient comme autant de feuilles, que faites-vous ici? avez-vous envie de brûler avec le couvent? c'est comme il vous plaira, mais je vous préviens qu'on y met le feu.

—Le feu! Sainte Marie! Où fuir? s'écrièrent-elles.

— Où vous voudrez; vous êtes libres de sortir. J'ai ordonné qu'on ne pendît que l'abbesse.

— Et que vous a fait cette malheureuse femme, s'écria Alix ; comment
a-t-elle pu mériter un sort si cruel?

— Elle est abbesse, par conséquent
noble, et il faut en exterminer la race
pour que le peuple soit libre.

— Quelle barbarie ! dit Alix.

L'abbesse étoit alors au milieu d'un
groupe de religieuses. L'une d'elles
coupa avec des ciseaux le ruban de
soie qui attachoit sur sa poitrine la
croix d'or, seule marque qui la distin-
guât de ses compagnes, et Straw leur
ayant réitéré brusquement l'ordre de
de sortir, elles partirent avec leur su-
périeure, qui évita ainsi la mort dont
elle étoit menacée.

On vit en ce moment la lueur des

1*

flammes qui dévoroient déjà une des ailes de l'abbaye.

— Allons, dit Straw en s'approchant de la fenêtre, je vois qu'il est temps que nous partions aussi. Ha ! ha ! ha ! ha ! votre archevêque ! venez donc le voir, Alix; il fait une belle grimace.

Alix s'approcha de la croisée en tremblant, et, saisie d'un douloureux pressentiment, elle vit le respectable prélat pendu à un des tilleuls de la cour entre ses deux archidiacres. Elle poussa un grand cri, et tomba sur le plancher sans connoissance.

— Quelle poule mouillée ! s'écria Jack Straw. Allons, vous autres, dit-il à ses gens, qu'on l'emporte hors de l'abbaye, le grand air la fera revenir ; d'ailleurs, nous n'avons pas le temps de nous arrêter.

John Ball avoit parfaitement compris les ordres de Jack Straw, relativement au prélat et à ses deux prêtres, et il n'en auroit pu recevoir qui lui fussent plus agréables. Cet énergumène avoit juré une haine implacable à tous les dignitaires de l'Église ; il ne cessoit d'invectiver contre eux dans tous ses sermons, vouloit rétablir ce qu'il appeloit l'égalité de l'Église primitive ; et son zèle furieux ajoutoit encore aux dispositions naturellement cruelles et sanguinaires de son chef.

— Dites votre *in manus*, dit-il à l'archevêque en le faisant entrer dans la cour, vous n'avez plus deux minutes à vivre.

— J'ai tâché de vivre, dit le prélat, de manière à pouvoir envisager la mort sans frayeur..

On prépara trois cordes. John Ball passa lui-même au cou de l'archevêque celle qui devoit terminer ses jours, tandis que d'autres s'occupoient du même soin pour les archidiacres. Le vertueux prélat ne montra pas un instant de foiblesse. Les derniers mots qu'il prononça furent une prière pour ses bourreaux ; et sa belle âme s'élança dans le séjour de gloire et de félicité éternelle, qui devoit être la récompense de soixante-dix ans passés dans l'exercice de toutes les vertus. John Ball et les autres acteurs de cette scène sanglante poussèrent de féroces cris de joie en le voyant expirer, tandis que les anges entonnoient un cantique d'actions de grâces et d'allégresse, pour célébrer l'arrivée dans le ciel d'une âme qui n'avoit aucune souillure à expier avant d'y être admise.

CHAPITRE II.

« Un domestique accourt, l'avertit qu'à la porte
Deux hommes demandoient à le voir promptement.
. . . .
Ils l'avertissent qu'il déloge,
Et que cette maison va tomber à l'envers.
La prédiction fut vraie. »

LA FONTAINE.

— BARBARE! s'écria Alix en s'adressant à Jack Straw, lorsqu'elle eut repris connoissance à la porte extérieure de l'abbaye, et vous reprochez aux grands leur dureté envers le peuple!

Quand ont-ils jamais commis de pareils actes de cruauté?

— C'est la guerre, répondit froidement Jack Straw. Si vous ne vouliez pas en voir les suites, pourquoi êtes-vous venue à l'armée? pourquoi n'êtes-vous pas restée avec ma femme, comme votre père le vouloit?

— Combien de fois je m'en suis repentie! mais alors j'étois courroucée de l'affront que j'avois reçu, je ne songeois qu'à la vengeance, et le ciel m'en a bien punie : j'étois aveugle, et mes yeux se sont ouverts.

— Fort bien, Alix; on voit que vous avez profité des sermons de l'archevêque.

— Malheureux vieillard! et sans

moi, sans moi . . . Mais pourquoi malheureux? vous n'avez fait que hâter l'instant où il devoit recevoir la récompense d'une bonne vie. Mais ne croyez pas que je reste avec vous ; je ne veux plus être exposée à la vue de si horribles spectacles.

— Vous en êtes bien la maîtresse, Alix ; je ne suis pas très-curieux d'avoir la garde d'une jeune fille. S'il vous arrive malheur, je m'en lave les mains ; vous ne vous en prendrez qu'à vous. Et où comptez-vous aller ?

— Où je compte aller? J'irai..... Je ne sais ! J'irai chez la duchesse d'Hereford.

— Comment dites vous? la duchesse de......? .

—D'Hereford.

—Quoi! la femme de celui qui nous a livré bataille à Blackheath?

—Précisément.

—Et comment la connoissez-vous?

Alix lui raconta tout ce qui lui étoit arrivé dans le château de cette dame.

—Pauvre sotte! dit Jack Straw; et vous croyez lui avoir des obligations?

—Bien certainement.

—Vous vous trompez : elle a craint que vous ne plaisiez à son mari; elle a voulu vous éloigner, et voilà tout. Allez, allez; quand un grand nous rend quelque service, c'est toujours parce qu'il y trouve son intérêt personnel.

— Avec de tels raisonnemens, on peut aisément se dispenser de toute reconnoissance.

— Mais dites-moi, Alix, cette duchesse a donc un château dans les environs ?

— Oui vraiment; à environ trois lieues, sur la lisière de la forêt.

— Un beau château, sans doute ?

— Si beau, si riche, si magnifique, que je croyois être dans un palais enchanté. Imaginez-vous qu'on m'a servi à souper huit ou dix plats différens, et tous dans de l'argenterie.

— Diable ! Et c'est sans doute un château fort ?

— Oh ! non, c'est ce qu'on appelle une maison de plaisance.

— Et elle y a beaucoup de monde avec elle ?

— Je vous en réponds. J'y ai compté plus de douze domestiques, sans parler des servantes.

— Et un grand nombre d'hommes d'armes pour la défendre ?

— Je n'en ai pas vu un seul. Qu'en a-t-elle besoin ? elle est si bonne ; elle ne peut avoir d'ennemis.

— Bon, s'écria Jack Straw avec une

joie féroce, je sais tout ce que je vou-
lois savoir. Cette nuit, la duchesse
d'Hereford sera traquée, enfumée,
brûlée dans son château.

— Pourriez-vous bien former un si
abominable projet ?

— Je ne veux pas qu'une seule créa-
ture en échappe.

— Contre ma bonne protectrice !

— Nous serons vengés du plus grand
de nos ennemis.

— Jack Straw, s'écria-t-elle en se
jetant à ses genoux, je vous en supplie,
je vous en conjure, renoncez à . . .

Jack Straw ne l'écoutoit pas ; il

n'étoit occupé que du projet de son nouveau crime.

— John Ball, dit-il, tu vas partir à l'instant pour Waltham. Qu'on ne m'y attende pas ; j'ai encore une expédition à faire dans ces environs. Qu'on se mette en marche vers Dungmow ; je vous y rejoindrai demain.

John Ball obéit sur-le-champ, quoiqu'il regrettàt de perdre sa part du divertissement qui se préparoit.

— Eh bien ! dit Jack Straw à Alix, vous êtes encore ici ? Je vous croyois ma foi bien loin.

— Non ; j'ai changé d'avis : je reste avec vous.

— Et je crois que vous prenez le

bon parti. Au surplus, comme vous
voudrez; je ne vous retiens pas de force,
et je n'ai pas envie de vous claquemu-
rer dans un couvent pour m'assurer de
vous.

Il demanda s'il y avoit dans sa troupe
quelqu'un qui connût le château du
duc d'Hereford. Il s'y trouvoit quelques paysans des environs, nouvelles
recrues de la journée, qui se chargèrent
de l'y conduire, et l'on marcha de ce
côté, Alix ayant soin de se tenir toujours près de Jack Straw.

—Voyez-vous là-bas cette petite
colline? lui dit, après deux heures de
marche, un de ses conducteurs; le
château est derrière, en face d'une
prairie qui s'étend jusqu'au Roding.

—En ce cas, il faut nous arrêter

ici, dit le tigre, altéré de sang; je ne
veux y paroître que quand je serai sûr
que tout le monde dormira. Si, quelqu'un s'échappoit, ma vengeance ne
seroit pas complète. A minuit, nous
nous remettrons en marche.

La troupe fit halte, et comme on
étoit sur le bord de là forêt, le chef
ordonna à ses gens d'y entrer, d'y
faire une ample provision de brous-
sailles et de bois sec, pour mettre plus
facilement le feu au château, et il ne
dédaigna pas de s'occuper lui-même
de cette recherche qui lui procuroit
une jouissance anticipée.

Pendant ce temps, la duchesse d'Hereford, tranquille dans son château,
étoit bien loin de prévoir le sort qui
lui étoit destiné. A la chûte du jour,

elle étoit rentrée, suivant son usage, dans son appartement, et avoit fait appeler Angus, son vieux ménestrel, pour qu'il lui chantât quelques ballades, avant de se retirer pour la nuit.

Il étoit environ dix heures, quand un domestique vint l'avertir que la jeune fille qui avoit couché au château la nuit précédente venoit d'y arriver, et insistoit pour lui parler sur-le-champ, quoiqu'on lui eût dit que sa grâce étoit retirée dans son appartement.

— Alix, s'écria la duchesse ; par quel hasard ? que peut-elle me vouloir ? Ne m'aviez-vous pas dit, Angus, que l'archevêque d'York s'étoit chargé de la conduire à l'abbaye d'Abing ?

— Oui, ma bonne maîtresse, répon-

dit le ménestrel ; je les en ai vus prendre le chemin. Il faut qu'il soit arrivé
quelque nouveau malheur à cette pauvre
jeune fille.

— Qu'elle entre , qu'elle entre sur-
le-champ !

Et Alix parut devant elle presque au
même instant.

Elle n'avoit feint de vouloir rester
avec Jack Straw, que dans l'espoir de
pouvoir trouver quelque moyen de
sauver sa protectrice : elle avoit entendu
un des guides lui indiquer la situation
du château, et profitant de la confu-
sion qui régna dans la troupe quand
chacun , d'après l'ordre du chef, étoit
entré dans le bois pour y ramasser des
combustibles, elle s'y étoit enfoncée

elle - même, et tournant l'éminence qu'elle avoit soin de ne jamais perdre de vue, elle arriva au château après trois quarts d'heure de marche.

— Eh bien, jeune fille, lui dit la duchesse, quel motif peut vous amener ici à une pareille heure , tandis que je vous croyois à l'abbaye d'Abing ?

— Elle n'existe plus, Madame : elle a été réduite en cendres il y a quelques heures.

— Réduite en cendres ! Et ce malheur est sans doute arrivé après le départ du respectable archevêque d'York, sans quoi il vous auroit procuré un autre asile.

—Hélas, Madame, ils l'ont assassiné !

— Assassiné ! L'archevêque ! Qui peut avoir commis un tel crime ?

— Les incendiaires, les révoltés, répondit Alix en baissant les yeux ; mais, Madame, ce n'est pas l'instant de vous donner des détails ; les momens sont précieux : il faut quitter ce château ; il faut fuir à l'instant.

— Fuir, mon enfant ! et pourquoi fuirois-je ?

— Ils sont à deux pas, Madame ; derrière l'éminence voisine : ils doivent incendier votre château à minuit.

— Juste ciel ! mais cela n'est pas possible. S'ils sont si près d'ici, s'ils ont conçu cet affreux projet, pourquoi ne l'exécutent-ils pas sur-le-champ ?

—Parce qu'ils veulent attendre que tout le monde soit endormi, afin que personne ne leur échappe.

—Quel rafinement de scélératesse ! s'écria le vieux ménestrel.

—Sauvez-vous, Madame, sauvez-vous, dit Alix en se jetant aux pieds de la duchesse et en les arrosant de ses larmes ; si vous saviez tout ce que j'ai souffert jusqu'au moment où j'ai pu m'échapper pour venir vous prévenir !

—Fuyez, ma bonne maîtresse, fuyez, dit à son tour le ménestrel ; ne négligez pas cet avis, c'est le ciel qui vous l'envoie.

—Mais si le danger est si pressant,

il faut avertir tous mes gens ; je ne puis consentir à les y laisser exposés.

— Hélas ! Madame, dit Alix, ce seroit risquer votre sûreté et la leur. Si vous fuyez avec une suite nombreuse, vous en serez plus facilement aperçue et reconnue.

— Fiez-vous à moi, ma bonne maîtresse, dit Angus ; quand vous serez partie, j'avertirai vos gens ; je les ferai sortir du château séparément et par différentes routes : on ne trouvera plus personne à minuit.

— Mais il est impossible que je parte seule ! s'écria la duchesse ; je ne saurois ni où aller, ni que devenir.

— Je vous accompagnerai, Madame, dit vivement Alix. Prenez des habits

semblables à ceux que vous m'avez
donnés; quand une fois vous serez
vêtue en paysanne, si nous rencon-
trons des révoltés, la fille de Wat-
Tyler sera peut-être en état de vous
servir de protection.

—Elle a raison, ma bonne maîtresse;
n'hésitez pas plus long-temps; mais
dites-moi où vous comptez aller, afin
que votre vieux ménestrel tâche de vous
y rejoindre.

—Si je pouvois gagner Bedford, où
demeure une de mes tantes, de là il
me seroit facile de me rendre chez mon
père, dans le Northumberland.

— Et pourquoi n'y réussirions-nous
pas, Madame? dit Alix; mais de grâce
hâtons-nous!

L'horloge du château sonna onze

heures. Il n'étoit plus temps de discuter. La duchesse demanda à une de ses femmes des vêtemens semblables à ceux qu'elle avoit donnés la veille à Alix ; et une servante du château lui en fournit sur-le-champ un assortiment complet, croyant que c'étoit un nouveau présent qu'elle vouloit faire à cette jeune fille. Pendant qu'Alix l'aidoit à faire sa nouvelle toilette, Angus alla, par ordre de sa maîtresse, chercher tout l'argent qui se trouvoit dans le coffre-fort, dont elle lui avoit remis la clef. Elle prit ce qu'elle crut nécessaire pour son voyage, donna encore quelques pièces d'or à Alix, et chargea le vieux ménestrel de distribuer le reste à ses domestiques, au moment de leur départ, en lui recommandant de faire cette distribution de manière à ne pas s'oublier lui-même.

On eut beau faire diligence , il étoit onze heures et demie quand Angus ouvrit aux deux fugitives la porte de derrière du parc. Il leur indiqua la direction qu'elles devoient suivre , et baisant la main de sa maîtresse en la baignant de larmes , il les vit partir en adressant au ciel de ferventes prières pour leur sûreté.

De retour au château , il ne perdit pas un instant pour éveiller tous les domestiques , et pour les exciter à plus de diligence , il les appela en criant au feu. A mesure qu'ils arrivoient , il leur apprenoit la fuite de leur maîtresse et le danger qu'ils couroient , leur remettoit de l'argent , et les faisoit partir , par différentes routes , isolément ou deux à deux.

Minuit sonnoit , et il ne restoit avec lui qu'un seul domestique.

— Prends cet argent, Wild, lui dit-il, et nous allons partir ensemble.

— J'aime mieux aller seul, répondit Wild ; mes jambes sont meilleures que les vôtres.

— Tu peux avoir raison, mon garçon ; adieu donc.

Il avoit si peu songé à lui dans la distribution qu'il venoit de faire, qu'il ne lui restoit pas une seule pièce d'argent. Qu'importe, pensa-t-il en attachant sa harpe sur ses épaules, n'ai-je pas là un gagne-pain assuré ? Qui a jamais refusé à un ménestrel le gîte et la nourriture ? Il sortit du château par la porte du parc, et se dirigea vers le nord, espérant rejoindre sa maîtresse à Bedford.

2*

Ce n'étoit pas pour fuir plus vite que Wild avoit refusé d'accompagner Angus. Le démon de la cupidité l'avoit tenté. Puisque le château va être pillé et brûlé, avoit-il pensé, pourquoi ne prendrois-je pas ma part des richesses qu'il contient. Dès qu'il se vit seul, il força la porte du cabinet où il savoit qu'on déposoit la vaisselle d'argent, et se disposa à l'emporter ; mais la quantité en étoit si considérable, qu'il ne pouvoit tout prendre, et son avarice ne lui permettoit pas de rien laisser. Il existoit un puits à un des angles de la cour du château : il fit plusieurs voyages pour y jeter toute l'argenterie, se proposant de revenir l'y prendre quand le danger seroit passé ; et, quand il eut fini cette opération, il ne songea plus qu'à se mettre en sûreté en fuyant à son tour.

Mais, quand il se présenta à la porte du château, il y trouva Jack Straw, qui venoit d'y arriver avec sa troupe, dans le plus grand silence, et fut arrêté sur-le-champ.

— Repoussez-le dans le château, s'écria le boucher; il faut qu'il périsse dans les flammes comme les autres.

— Il ne s'y trouve plus personne, dit Wild en se jetant à genoux. Accordez-moi la vie; je ne suis qu'un pauvre domestique; tout le monde est enfui depuis long-temps.

— Mort et sang! s'écria Straw. Cette coquine d'Alix m'a trahi! Qu'elle retombe dans mes mains! toute fille de Wat-Tyler qu'elle est, je jure..... En attendant, tu vas payer pour les autres. Qu'on le pende à l'instant!

L'ordre fut exécuté sur-le-champ, et ce fut ainsi que Wild paya de sa vie la faute qu'il avoit commise en cédant à un mouvement de cupidité.

Les révoltés entrèrent alors dans le château abandonné : chacun y prit ce qui lui convint; quand on fut las du pillage, on y mit le feu. L'aurore, en se levant, ne vit plus qu'un amas de ruines fumantes, au lieu du superbe bâtiment qu'elle avoit éclairé la veille.

CHAPITRE III.

« Vous êtes désormais mon unique recours,
A des infortunés prêtez votre secours.
Je sais, dans les faveurs dont le ciel vous partage,
Que la beauté n'est pas votre seul avantage,
Et que les Dieux, sur vous épuisant leurs bienfaits,
Ont de mille vertus enrichi vos attraits. »

CRÉBILLON

Nos deux fugitives, en sortant du parc, marchoient à grands pas, couroient presque, tant elles désiroient s'éloigner promptement d'un lieu qui paroissoit devoir être bientôt le théâtre

d'une scène de désolation ; et où de
si grands dangers les menaçoient toutes
deux ; car Alix étoit convaincue que
Jack Straw ne lui pardonneroit pas
d'avoir soustrait la duchesse à sa cruauté.
La nuit étoit si obscure, qu'à peine
voyoient-elles le sentier sur lequel elles
marchoient, et il se divisoit si souvent
en plusieurs branches, qui tournoient
tantôt à gauche, tantôt à droite, qu'elles
craignoient de s'écarter de la ligne que
le vieux ménestrel leur avoit recom-
mandé de suivre. Le hasard les servit
pourtant au gré de leurs souhaits, car
elles marchèrent toute la nuit dans la
direction du nord-ouest.

Pendant la première demi - heure
elles avoient gardé un profond silence ;
la crainte de se trahir en parlant les
rendoit muettes, et d'une autre part

la rapidité de leur course ne leur permettoit guère de converser.

— Madame, dit enfin Alix en ralentissant le pas, si nous allons toujours aussi vite, je crains que vous ne soyez bientôt fatiguée, et je crois que nous avons bien loin d'ici à Bedfort.

— Plus de quarante milles, répondit la duchesse.

— Eh bien, reprit Alix, à présent que nous commençons à nous éloigner du danger, si vous m'en croyez, Madame, nous marcherons plus doucement, afin de ménager vos forces; ce sera le moyen d'arriver plus vite.

— Je crois que vous avez raison; mais, ma chère Alix, il faut vous dés-

habituer de m'appeler madame. Nous
ne pouvons faire notre voyage sans
voir personne. Que penseroit-on si
l'on entendoit une paysanne donner ce
nom à celle qui paroît sa compagne ?.

—C'est pourtant vrai, Madame !
mais comment faudra-t-il donc que je
vous nomme?

— Mon nom est Gertrude ; ne m'en
donnez pas d'autre.

— Que je vous nomme Gertrude !
que je vous parle avec cette familiarité !
cela sera bien difficile ! je le tâcherai
pourtant, car j'en sens la nécessité.
Mais quand nous sommes seules , Madame.....

—Même quand nous sommes seules,
Alix, il faut m'appeler Gertrude, afin

de vous y accoutumer et de ne pas vous tromper dans d'autres occasions.

Alix le promit ; mais quoiqu'elle eût tout le désir possible de tenir sa promesse, nos lecteurs devineront aisément qu'elle y manqua bien souvent.

La duchesse se retourna plusieurs fois en arrière pour voir si le désastre annoncé par Alix se réalisoit; et n'en voyant aucune apparence, elle commençoit à croire que cette jeune fille avoit pris l'alarme trop aisément, et à se reprocher à elle-même de s'être laissé effrayer au point de fuir précipitamment, sans même avoir fait vérifier si les révoltés étoient véritablement si près de son château.

Il étoit près de deux heures du ma-

tin quand elle faisoit cette réflexion, et
elle lui étoit peut-être suggérée par la
fatigue qu'elle éprouvoit en gravissant
une colline assez escarpée qui étoit à
peu de distance du bourg d'Hoddesdon. Lorsqu'elle fut sur le haut, elle
s'arrêta un moment pour reprendre
haleine, et tournant encore les yeux
du côté du sud-est, elle y vit paroître
une foible lueur qui devint bientôt plus
vive, et qui augmentoit de moment en
moment.

— Voyez-vous cette clarté? deman-
da-t-elle à Alix.

— Oui, Madame.... Gertrude,
veux-je dire. Je ne la vois que trop, et
je n'ai pas de peine à deviner ce qui la
cause.

Des tourbillons de flamme, que l'obscurité de la nuit rendoit encore plus terribles, s'élevèrent alors dans les airs, et ne laissèrent à la duchesse aucun doute qu'elle ne fût témoin de l'incendie de son château.

Elle ne put retenir ses larmes à ce triste spectacle. — Ma chère Alix, s'écria-t-elle en se jetant au cou de sa jeune compagne, je vous dois la vie ; comment pourrai-je jamais m'acquitter envers vous? Pourvu que tous mes gens aient pu se sauver ; que le pauvre Angus n'ait pas été victime de ces furieux !

— Vos gens ont eu tout le temps de se mettre en sûreté, Madame ; et quant au bon ménestrel, je lui crois assez d'esprit et d'adresse pour que vous ne deviez avoir aucune inquiétude pour lui.

Elles se remirent en marche, et tra-
versèrent un bourg dont tous les habitans paroissoient ensevelis dans un
profond sommeil.

— Nous voici dans le comté d'Hertford, dit la duchesse ; je reconnois ce
bourg, c'est Hoddesdon, et nous ne
nous sommes pas trompées de chemin.
Si tout est tranquille dans ce comté,
comme je l'espère, nous pourrons
prendre une chaise de poste à Hertford, dont nous ne sommes qu'à environ six milles, et continuer notre route
plus commodément.

Le jour commençoit à paroître ;
elles n'avoient plus qu'environ un mille
à faire pour arriver à Hertford, quand
elles virent sortir d'un petit village dans
lequel elles alloient entrer cinquante

à soixante paysans armés de faux , de
fourches et de fléaux, et poussant de
grands cris. La duchesse s'arrêta, immobile de frayeur.

— Du courage, lui dit Alix en lui
serrant la main, songez que c'est de là
que dépend votre sûreté.

La duchesse se remit aussitôt : elles
continuèrent à marcher ; les paysans
passèrent près d'elles en criant : — Liberté ! affranchissement ! plus de seigneurs ; mais ils ne firent pas même
attention à nos deux voyageuses.

La première maison de ce village
étoit une ferme. La porte en étoit ouverte , et Alix proposa à la duchesse
d'y entrer, tant pour se reposer que
pour tâcher de prendre quelques ren-

seignemens sur ce qui se passoit dans les environs. La duchesse, épuisée de fatigue, y consentit volontiers : elles entrèrent donc, et ne trouvèrent dans la cuisine qu'une femme d'environ qua-rante-cinq ans, qui s'occupoit à placer sur une grande table des pyramides de pains, du beurre, du fromage, de la viande froide, et qui veilloit en même temps à un énorme morceau de bœuf qui étoit à la broche.

— Voulez-vous nous permettre de nous reposer chez vous quelques instans? lui demanda Alix.

— Nous sommes bien fatiguées, ajouta la duchesse.

— Fatiguées ! dit la fermière, c'est l'être de bon matin. Et d'où venez-vous donc comme ça?

—Du comté d'Essex, répondit Alix.

—Nous sommes sœurs, dit la duchesse.

—Nous allons recueillir une petite succession, continua Alix.

—Dans le comté de Bedford, ajouta la duchesse.

—Ouais! dit la fermière en les toisant de la tête aux pieds, ce n'est pas trop l'ordinaire que de jeunes filles courent les champs toutes seules pendant la nuit. Au surplus, ce ne sont pas mes affaires, et puis on voit tant de choses aujourd'hui! Reposez - vous, mes enfans, reposez-vous; et si le cœur vous en dit, mangez un morceau; vous voyez qu'il y a de quoi; ne vous en

faites pas faute : ces enragés en trou-
veront moins.

—De qui parlez-vous ? demanda
Alix avec timidité.

— De qui je parle ? de ces diables
incarnés qui, depuis deux jours, par-
courent tout le pays et emmènent tous
les hommes. Tous ceux de ce village
viennent de partir, mon fils à leur tête,
l'imbécile qu'il est, malgré tout ce
que j'ai fait pour le retenir. Mais allons, déjeunez, déjeunez. Vous aime-
riez peut-être mieux du lait ? Attendez,
je vais vous en donner.

La bonne femme leur servit du lait,
leur fit cuire quelques œufs, et comme
elle étoit un peu bavarde, elle eut soin
d'entretenir la conversation.

— Vous avez dû les rencontrer?

— En entrant dans ce village, dit Alix, nous avons vu une cinquantaine d'hommes qui en sortoient.

Oui, en criant : Liberté! plus de seigneurs! Et où en aurions-nous été, il y a deux ans, après la grande grêle, si notre bon seigneur, le comte d'Exon, ne nous eût fait remise d'une année entière de loyers, et ne nous eût encore donné de quoi ensemencer nos terres l'année suivante? C'est pourtant ce qu'il a fait, vrai comme je vous le dis. Eh bien, est-ce pour le récompenser qu'il faut lui voler tous ses biens? En serai-je plus grasse quand j'aurai trois ou quatre acres de terre à moi, au lieu d'en faire valoir trois cents à un autre? Pourrai-je faire vivre

trois valets de charrue et deux servantes ?

— Cette bonne femme a bien raison,
dit la duchesse à Alix.

— Oui, oui, reprit la fermière,
en la regardant avec un peu de surprise, la bonne femme ne se trompe
pas toujours. Par exemple, je disois ce
matin à mon fils : — George, puisque
ces enragés doivent passer par ici pour
se rendre à Hertford, d'où ils doivent
aller dans le comté de Bedford , pourquoi ne pas les attendre ? à quoi bon
courir au-devant d'eux ? Mais non, il
n'a pas eu de repos que tous les hommes
du village ne fussent partis pour aller
les joindre à cinq milles d'ici, où l'on
a appris qu'ils sont arrivés hier soir,
sur la route d'Hatfield.

—Et..., demanda Alix en hésitant, savez-vous si c'est... la troupe de Jack Straw qui doit passer par ici?

— Je ne connois ni Jack Straw, ni Jack Strow; tout ce que je sais, c'est que c'est une troupe de bandits qui dévastent tout le pays.

— Ils commettent donc beaucoup de désordres?

— Ah! pour ça, je vous en réponds.

— Ils tuent les nobles, brûlent les châteaux ?

— Je ne vous dis pas cela; car je n'en ai pas encore entendu parler, et je ne veux pas les faire plus noirs qu'ils

ne sont ; mais ils vivent partout à bouche que veux-tu , et sans rien payer ;
et quand des milliers d'hommes viennent seulement déjeuner dans un village, vous jugez bien qu'on s'en res-
sent. Ne voyez-vous pas les préparatifs
que je fais pour les recevoir? car ils
seront ici peut-être dans deux heures.
C'est bien à contre-cœur, au moins,
je ne vous le cache pas ; mais j'aime
mieux qu'il m'en coûte quelque chose,
plutôt que de m'exposer à . . . Eh mon
Dieu ! moi qui oublie de retourner
mon rôti !

— Quel parti prendre ? demanda la
duchesse à voix basse à Alix, pendant
que la fermière s'occupoit devant sa
cheminée.

— Il faut partir à l'instant.

— Et où aller?

— Où Dieu nous conduira. Si c'est
la troupe de Jack Straw qui doit venir
ici, il faut tout risquer pour l'éviter :
ni vous, ni moi, nous n'avons aucune
pitié à en attendre.

— Eh bien, est-ce que vous allez
déjà partir? demanda la fermière à
Alix en la voyant debout. Reposez-
vous encore un peu, votre sœur a l'air
bien fatiguée. Pauvre fille ! je n'en suis
pas surprise. Comment marcher avec
les souliers qu'elle a ?

La duchesse sentit la rougeur lui
monter au visage. En prenant des vêtemens de paysanne, elle avoit oublié
de changer de chaussure : elle avoit
d'élégans souliers en soie, brodés en

or, et quoiqu'ils fussent souillés et même usés par la longue marche qu'elle avoit faite, il étoit facile de voir qu'ils n'avoient jamais pu 'appartenir à une villageoise.

— Si elle veut m'en croire, continua la fermière, elle prendra une de mes paires de souliers. Sa marche en sera plus sûre, ajouta-t-elle en appuyant sur les deux derniers mots.

— Sans attendre une réponse, elle alla chercher une paire de souliers, et les essaya elle-même aux pieds de la duchesse. Ils étoient trop longs et trop larges, et il paroissoit impossible qu'elle pût s'en servir. La bonne fermière ne se rebuta pas : elle prit une paire de chaussons de laine, les lui mit aux pieds, et le vide se trouvant rempli, les souliers allèrent à merveille.

— Là ! dit-elle , à présent je vous réponds de tout, quant à la chaussure s'entend ; et, si vous faites bien , laissez parler votre sœur, quoique vous paroissiez l'aînée. Maintenant, mes bonnes filles, je vous offrirois bien ma carriole pour vous mener où vous voudrez , mais je n'ai personne pour la conduire, et il faudroit attendre le retour de nos gens, qui ne reviendront probablement qu'avec ces enragés. Cela vous convient-il ? Non, oh non, je le vois bien. Vous avez raison : deux jolies filles comme vous auroient toujours des risques à courir au milieu d'un pareille troupe de bandits. Partez donc, partez, je ne vous retiens plus.

— Que de remerciemens nous vous devons ! dit Alix.

La duchesse n'osa parler, mais ses yeux étoient éloquens.

— Un instant, reprit la bonne fermière, vous vous rendez dans le comté de Bedford, à ce que vous m'avez dit. Si vous m'en croyez, vous ne passerez point par Hertford. Ces enragés ont les jambes plus longues que vous : ils vous rejoindroient. Prenez par Ware, la route est plus longue, mais c'est pour cela qu'elle sera plus sûre, parce qu'ils choisiront le plus court chemin.

— Mais comment faire pour éviter de passer par Hertford? demanda Alix.

— Je vais vous le dire. En sortant du village, vous trouverez un petit sentier à main droite. Faites-y bien attention, c'est à vingt pas des dernières maisons. Ce sentier vous conduira en une heure ou environ sur la grande route de Ware, et quand vous serez dans cette ville, où vous arriverez bien aisément vers les onze heures, vous vous dirigerez, suivant les circonstances vers Hitschen ou vers Boyston.

Elles remercièrent de nouveau leur hôtesse, et suivant avec soin les instructions qu'elle leur avoit données, elles arrivèrent sans accident dans la ville de Ware un peu avant midi.

3*

CHAPITRE IV.

« . . . . Contre lui,
Seigneur, je viens pour elle implorer votre appui. »

RACINE.

JADIS mes jours couloient dans la liesse ;
Fêté partout, ai vu dans ma jeunesse
Plus d'un tournois et plus d'un carrousel.
Mais aujourd'hui ne vois plus que misère,
Ai pour tout bien ma harpe et mon rosaire.
Prenez pitié du pauvre ménestrel.

Ma harpe, hélas ! pour moi faisoit merveille ;
Pour l'écouter chacun ouvroit l'oreille,
Lorsque n'étois qu'un jeune jouvencel.
Mais aujourd'hui que suis dans la vieillesse,
Plus n'ont mes chants attraits ni gentillesse.
Prenez pitié du pauvre ménestrel.

De mainte dame obtenois les largesses,
Preux chevaliers m'accabloient de caresses,
Pour moi s'ouvroit le plus noble castel.
Mais aujourd'hui plus n'ai rien sur la terre ;
Ai vu le feu dévorer ma chaumière.
Prenez pitié du pauvre ménestrel.

C'étoit ainsi que chantoit, en s'accompagnant sur sa harpe, assis sur un banc de pierre, à la porte de la principale auberge d'Hertford, un vieux ménestrel en qui nos lecteurs ont sans doute déjà reconnu notre ami Angus. Il avoit marché toute la nuit, avoit faim et soif, étoit fatigué, n'avoit pas dans sa poche la plus petite pièce d'argent, et, tandis que sa maîtresse s'avançoit vers Ware avec Alix, il s'étoit assis en cet endroit à dix heures du matin, tant pour se reposer, que dans l'espoir d'attirer par se chants l'attention de quelque voyageur entrant dans l'auberge, et dont la-générosité pourroit lui donner le moyen de satisfaire ses besoins.

Il avoit vu les révoltés entrer en foule dans cette ville ; mais que lui importoit ? quel intérêt pouvoient-ils avoir à nuire à un vieux ménestrel qui, comme le disoit sa chanson, ne possédoit au monde qu'une harpe et un rosaire ? D'ailleurs il vouloit se rendre à Bedford, s'y rendre par le chemin le plus court, et la présence des rebelles ne lui parut pas une raison suffisante

pour le déterminer à changer de
route.

Dès qu'il avoit commencé à chanter,
un auditoire nombreux s'étoit rassem-
blé et avoit formé cercle autour de lui
pour l'écouter. Il se trouvoit parmi
eux plusieurs chefs des révoltés, et
quand il eut fini de chanter, l'un d'eux
s'approchant de lui, lui frappa sur l'é-
paule.

—Bonhomme, lui dit-il, tu n'as
sans doute pas dîné? Viens manger
un morceau avec nous, et tu paieras
ton écot en nous chantant quelques
ballades.

—Bien volontiers, bien volontiers,
dit Angus en replaçant sa harpe sur ses
épaules.

—Oui, dit un autre, mais il ne nous faut pas de tes complaintes lamentables. Nous aimons la gaieté, je t'en avertis.

—Et moi donc! répondit le vieux ménestrel. Je compte soixante-dix ans, mais quand j'aurai vidé une pinte de bonne aile, vous verrez que j'en vaux encore un autre.

—Il est jovial ! s'écrièrent-ils ; allons, suis-nous.

Ils entrèrent tous dans l'auberge où ils devoient dîner avec Piers et ses principaux chefs, tandis que le reste des troupes mettoit à contribution tous les habitans de la ville, c'est-à-dire leur demandoit des vivres ; car Piers avoit strictement défendu qu'on exigeât autre chose.

— Je viens de faire une fameuse re-
crue, dit à Piers celui qui avoit parlé
le premier au vieil Angus.

— Et pourquoi non, Sharp ? dit un
autre : nous n'avions pas de musique
dans notre troupe, en voilà toujours
un commencement.

— Allons ! à table, à table, s'écria
Piers : songez qu'il faut que nous en-
trions aujourd'hui dans le comté de
Bedford.

Le dîner fut servi, les pots d'aile se
vidoient promptement et se remplis-
soient de même. Les têtes s'échauf-
fèrent un peu, la conversation s'anima ;
il régnoit parmi les convives ce qu'on
peut appeler une grosse gaieté ; mais
Angus n'entendit rien qui annonçât de

la férocité, et cette remarque lui fit plaisir.

Tous ceux avec lesquels Angus se trouvoit étoient des jeunes gens de vingt à trente ans, et l'on doit bien juger que leur appétit ne fut pas si promptement satisfait que celui d'un vieillard septuagénaire. Quand Sharp vit qu'il ne mangeoit plus : — Allons, bonhomme, lui dit-il, paie ton écot maintenant.

Volontiers, répondit Angus en prenant sa harpe; voyons, que voulez-vous que je vous chante, le vin, la victoire, ou les belles?

— Le vin, répondirent les uns.

— La victoire, dirent les autres.

— Les belles, s'écria-t-on d'un autre côté.

— Allons, allons, vous serez tous contens. Écoutez !

Point ne veux richesse ou grandeur.
Que manque-t-il à mon bonheur,
Quand puis aimer, combattre et boire ?
D'Apollon barde favori
Choisit pour devise et pour cri,
La beauté, le vin et la gloire.

Le tiens d'un savant troubadour :
Bon vin nous dispose à l'amour,
Amour conduit à la victoire.
Faut donc, sans jamais s'attrister,
Boire, aimer, combattre, et chanter
La beauté, le vin et la gloire.

Au guerrier qui de son pays
Sut terrasser les ennemis,

II.   4

Ouvrez le temple de mémoire.
Mais qui jamais le fermera
Au ménestrel qui chantera
La beauté, le vin et la gloire ?

— Bien ! s'écria Sharp, bien ! Mais cette ballade est bien courte ; il nous en faut une autre.

— Non, non, dit Piers, il est temps de partir.

— Eh bien, mes amis, dit Sharp, avant de quitter la table, buvons à la santé de notre chef, du brave Wat-Tyler.

La proposition fut accueillie avec enthousiasme; et l'on porta cette santé au milieu d'acclamations bruyantes.

— Mais à propos de Wat-Tyler, dit

Tom Whisp, jeune homme de Deptford qui faisoit partie de cette troupe ,
a-t-on des nouvelles de sa fille, de la
pauvre Alix ?

La conversation prenoit une tour-
nure intéressante pour le vieux ménestrel , et il n'avoit plus assez d'oreilles
pour écouter. Il avoit accompagné d'un
air martial les acclamations qui avoient
célébré la santé de Wat—Tyler : il n'en
avoit pas encore fini la ritournelle;
mais tout à coup ses doigts devinrent
immobiles, sa harpe tomba sur ses
genoux; et le cou allongé sur la table ,
il cherchoit à ne pas perdre un seul
mot de ce qui se disoit.

—Non, répondit Sharp, qui étoit
aussi de Deptford , le coquin qui l'a
enlevée a bien pris ses précautions.

— Le scélérat ! s'écria Piers en donnant un grand coup de poing sur la
table, je ne suis pas cruel, je n'aime
pas le sang, mais si jamais il tombe
entre mes mains. . . .

— Et sait-on de quel côté on l'a emmenée ? demanda un autre.

— Nous sommes à peu près sûrs
qu'on lui a fait passer la Tamise à
Greenwich, dit Sharp.

— Et qu'on l'a fait entrer ensuite
dans le comté d'Essex, ajouta Whisp;
on les a vus passer à Plaistow.

— Jack Straw m'a bien promis qu'il
ne négligeroit rien pour la découvrir.
Espérons que ses recherches ne seront
pas inutiles. C'est le meilleur ami de
son père, et je compte sur lui.

Ce jeune homme paroît bien disposé,
pensa le vieux ménestrel ; et puisqu'il
prend tant d'intérêt à Alix , ne seroit-
il pas possible de l'intéresser aussi en
faveur de ma bonne maîtresse ?

On se levoit de table en ce moment,
et il entendit Piers donner ordre à sa
troupe de se séparer en deux détachemens pour entrer dans le comté d'Essex de deux côtés différens. L'un
devoit se diriger vers Luton par
Hatfield , et l'autre marcher sur Bedford par Royston.

Pendant que les deux troupes se
disposoient à se mettre en marche , il
s'approcha de Piers.

— Voulez-vous permettre au vieux
ménestrel de vous suivre ? lui demanda-t-il.

— Volontiers, si tes forces te le permettent.

— Oh! j'en retrouverai pour une si belle cause.

— Tu m'étonnes, vieillard ; je n'aurois pas cru qu'un homme de ton âge pût être animé d'un zèle si ardent pour la liberté.

— Et vous avez raison. Mais.... pouvons-nous nous retirer un moment à l'écart ?

— Que signifie ce mystère ? Il s'éloigna de quelques pas de sa troupe. — Nous voilà seuls ; qu'as-tu à me dire ?

— Vous désirez savoir ce qu'est devenue Alix Wat-Tyler ?

— Si je le désire! L'aurois-tu vue? saurois-tu où elle est? Parle, parle donc.

— Un moment! un moment! La protégeriez-vous contre tous les dangers qui peuvent la menacer?

— Tu ne sais donc pas que je devois l'épouser, sans quoi tu ne me ferois pas une telle question.

— L'épouser! Bon! Tant mieux! En ce cas vous protégeriez également celle qui lui a sauvé l'honneur?

— Je mourrois pour elle, s'il le falloit.

— Quand même ce seroit une dame de haut parage... du nombre de ces personnes que vous proscrivez?

— Vieillard, je n'ai encore proscrit personne ; mais je te dis que fût-elle la plus noble dame d'Angleterre, ou la dernière des paysannes, je verserois tout mon sang pour la défendre.

— Alors, envoyez un de vos camarades à Luton, et prenez le commandement de la troupe qui va marcher vers Bedford.

— Seroit-elle dans cette ville ?

— Je n'en sais rien, mais elle doit être en chemin pour s'y rendre, et j'y connois une maison où nous aurons de ses nouvelles, si elle y est arrivée, si elle a échappé aux monstres qui dévastent le comté d'Essex.

— La fille de Wat-Tyler n'a rien à

craindre de la troupe de Jack Straw,
quelques cruautés qu'elle puisse commettre.

— C'est pourtant lui qu'elle fuit. Il
a assassiné un respectable prélat qui
avoit tiré Alix de prison.

— Est-il possible !

— Il a incendié le château de sa
digne protectrice, de ma bonne maîtresse, et il vouloit l'y brûler vive avec
tous ceux qui l'habitoient.

— Monstre de barbarie !

— Il n'a pas réussi. Alix a prévenu
sa bienfaitrice. Elles ont pris la fuite
ensemble cette nuit, un peu avant minuit : elles doivent être en avant de

votre troupe; mais si elles s'égaroient,
si elles tomboient au pouvoir de cet
homme féroce. ...

— Si elles ont quitté le comté d'Essex, elles n'ont plus rien à craindre, il
n'en doit pas sortir; mais je ne goûte-
rai aucun repos avant d'être sûr. ...

Il fut interrompu par Sharp qui venoit l'avertir qu'on n'attendoit plus que
ses ordres pour le départ. Il se mit à
la tête de la troupe qui devoit se diriger sur Hatfield, et prit avec l'autre
la route de Royston.

On le prévint qu'en marchant à tra-
vers champs, et en passant par la petite
ville de Ware, il pourroit gagner environ une heure, et il n'hésita pas à
prendre ce parti. Jamais la troupe n'ar-
rivoit à proximité d'un village sans y

rendre une visite intéressée ; et comme
on se trouva bientôt à vingt pas de
celui dans lequel la duchesse et Alix
s'étoient reposées et avoient déjeuné le
même matin, Piers, qui n'avoit à ses
ordres que de véritables volontaires,
ne put empêcher qu'on y fît une
pause. La ferme en étoit la principale
maison ; ce fut là qu'entrèrent les chefs,
à la suite desquels marchoit le vieux
ménestrel.

Tandis qu'on vidoit à la hâte quelques pots de bière, le fils de la fermière aperçut dans un coin les souliers
que la duchesse avoit quittés quelques
heures auparavant. Les prenant pour
les examiner : — Diable ! ma mère, s'é-
cria-t-il, comme vous donnez dans
l'élégance ! Mais jamais vos pieds
n'entreront là-dedans.

— De quoi te mêles-tu ? répondit-
elle en les lui arrachant des mains ;
occupe-toi de tes affaires.

Un seul coup d'œil avoit suffi à Angus pour reconnoître les souliers de sa
maîtresse, et, craignant qu'il ne lui fût
arrivé quelque accident, il s'approcha
de Piers, et lui dit quelques mots à
l'oreille :

— Montrez-moi ces souliers, dit celui-ci à la fermière, il faut que je les
voie.

— Les voilà, et pour le cas que j'en
fais, vous pouvez bien les prendre si
vous voulez; je vous en fais présent.

— La chose est certaine, dit Angus, après les avoir examinés de nouveau.

— Comment ces souliers se trouvent-ils en votre possession ? demanda Piers.

— Et de quel droit me faites-vous des questions ? Êtes-vous juge pour m'interroger ainsi ? Buvez, mangez, il y a de quoi, mais je n'ai rien à vous dire.

Et elle fit un mouvement pour sortir de la cuisine.

— Doucement, dit Piers en la retenant par le bras, il faut que je sache ce que sont devenues la personne qui portoit ces souliers et celle qui l'accompagnoit.

— Bonne femme, dit le ménestrel, parlez sans crainte, nous n'avons que de bonnes intentions.

Bonhomme, répondit la fermiere,
je ne m'embarrasse ni de vous, ni de
vos intentions. Au surplus, je bénis le
ciel. Elles ont six heures d'avance sur
vous ; si vous les rattrapez, vous aurez
de bonnes jambes : elles sont, ma foi, à
présent bien au-delà de Ware.

— En marche ! s'écria Piers, brûlant
du désir de rejoindre Alix, et de la
mettre à l'abri de tout danger.

On se mit en route à l'instant pour
la petite ville de Ware, le vieil Angus
rendant grâce au ciel qui avoit protégé jusqu'alors sa bonne maîtresse.

CHAPITRE V.

« Il vole vers Junie, et sans s'épouvanter,
D'une profane main commence à l'arrêter.
De mille coups mortels son audace est suivie.»
RACINE.

EN arrivant à Ware, la duchesse
étoit tellement épuisée de fatigue, qu'il
lui auroit été impossible de faire un
mille de plus. Alix prit donc le parti
d'entrer dans une grande auberge, la
première qui se présenta à ses yeux,

et demanda qu'on leur donnât une
chambre à deux lits, et qu'on leur
servît à dîner.

— L'heure du dîner est passée, répondit l'aubergiste ; il n'y a rien dans
la maison, et mes logemens sont trop
chers pour des gens comme vous. Allez dans cette petite rue en face, vous
y trouverez une auberge où logent tous
les paysans qui viennent au marché.

— Quoique nous ne soyons que des
paysannes, dit Alix, nous avons de
quoi vous payer. Et elle lui fit voir une
pièce d'or.

— Oh ! dit l'aubergiste en changeant
de ton, ce n'est pas que je juge les
gens d'après l'abit ; Dieu merci, personne n'a j'amais eu à se plaindre d'a-

voir été mal reçu ici. Betsi! Betsi! Allons donc, dépêchez-vous! conduisez ces jeunes filles dans une bonne chambre, et ayez soin qu'il ne leur manque rien. Et que voulez-vous pour votre dîner? un poulet à la broche? un canard? des pigeons? vous n'avez qu'à parler.

— Ce qui sera le plus tôt prêt, répondit la duchesse, qui pouvoit à peine se soutenir sur ses jambes.

— Ne vous inquiétez pas, dans un instant vous serez servies.

Betsi les conduisit dans une chambre où se trouvoient deux lits auxquels elle mit des draps; elle couvrit une table d'une nappe fort blanche, et quoique l'heure du dîner fût passée, et qu'il

4*

n'y eût rien dans la maison, on ne les
fit attendre qu'un quart d'heure pour
leur servir un fort bon dîner.

Après qu'elles eurent mangé un
morceau, Alix elle-même commença
à sentir sa fatigue; et comme elles
avoient trouvé tous les villages fort
tranquilles sur la route, et que la ville
de Ware ne le paroissoit pas moins,
elles résolurent de se mettre au lit
pour quelques heures, et de s'informer
dans la soirée si elles pourroient trouver une chaise de poste pour continuer
leur route.

Il étoit près de six heures quand Alix
s'éveilla, et son réveil fut probablement
occasioné par un grand bruit qu'elle
entendit dans l'auberge. La duchesse
dormoit encore, et elle ne voulut pas

l'éveiller ; mais n'étant pas sans inquiétude, elle s'habilla à la hâte, et sortant de la chambre, elle descendit sans
bruit par un escalier qui conduisoit
directement dans la cuisine. Quelle fut
sa terreur quand elle la vit remplie de
gens qu'à leur costume elle reconnut
pour faire partie des révoltés! Mais
combien elle fut rassurée quand elle
aperçut au milieu d'eux Piers et le bon
vieux ménestrel !

— Piers! s'écria-t-elle, en poussant
un cri perçant.

Son amant l'entendit, la reconnut,
se précipita vers elle, et la serra dans
ses bras.

Le vieux menestrel le suivit, et s'a-
dressant à Alix : — Et la.... et votre

compagne, lui demanda-t-il, qu'est-
elle devenue?

— Elle est en sûreté, lui répondit-
elle; elle est ici; elle prend quelque
repos, et elle en a grand besoin.

— Je me flatte..., j'espère..., dit Angus en hésitant, et en regardant Piers
d'un air inquiet, qu'elle n'a rien à
craindre ici?

— Ne vous ai-je pas dit que je mour-
rai pour elle s'il le faut? s'écria Piers
d'un ton d'impatience.

Le ménestrel tranquillisé se retira à
quelque distance pour laisser les deux
amans en liberté de s'entretenir, et
pendant près d'une heure ils oubliè-
rent le monde entier; ce qui nous au-

torise peut-être à les oublier aussi quelques instans pour nous occuper de la duchesse.

Elle s'étoit éveillée environ une demi-heure après le départ d'Alix, et elle avoit été fort surprise de ne pas la voir dans la chambre. Cette surprise fut suivie par une autre encore plus désagréable, et qui étoit occasionée par le bruit extraordinaire qu'elle entendoit dans l'auberge, qui étoit si paisible quand elles y étoient entrées. A son étonnement succéda bientôt l'inquiétude. Elle se leva, s'habilla, et son premier mouvement la porta non à descendre dans la cuisine comme l'avoit fait Alix, mais à s'approcher d'une fenêtre qui donnoit sur la cour, afin de voir ce qui s'y passoit.

Quelle fut sa consternation quand

elle y vit un grand nombre de paysans
armés, et qu'elle ne put douter que les
révoltés ne fussent entrés dans Ware!
Combien elle se reprocha d'avoir cédé
à la fatigue, et de ne pas s'être remise
en marche immédiatement après avoir
dîné! Alix ne pouvoit l'avoir aban-
donnée volontairement; elle avoit sans
doute été déjà arrêtée par ces scélérats,
qui ne lui pardonneroient pas de l'avoir
avertie du sort qu'ils lui avoient destiné. Elle-même ne tarderoit pas à être
découverte; elle étoit convaincue qu'elle
n'avoit à attendre d'eux ni compassion
ni merci; elle ne songea donc plus qu'à
implorer le secours du ciel, ce n'étoit
que de lui qu'elle pouvoit en espérer.

Elle étoit à genoux, livrée à cette
pieuse occupation, quand Alix, qui

avoit enfin retrouvé la mémoire, rentra
dans la chambre.

— Nous sommes perdues, ma chère
Alix, s'écria la duchesse; les révoltés
sont arrivés.

— Nous sommes sauvées, Madame,
répondit Alix; Piers est ici.

— Et qui est ce Piers qui vous inspire tant de confiance?

— C'est, répondit Alix en rougis-
sant et en baissant les yeux, c'est....
un jeune homme que je dois épouser.

— Et il a donc bien du crédit parmi
les révoltés?

— Il est chef de la troupe qui est
ici, Madame; ce n'est pas celle de
Jack Straw, grâce au ciel !

— Chef de rebelles ! j'en suis fâchée pour lui. Il est vrai que cette circonstance peut nous être favorable. Mais lui avez-vous parlé de moi?

— Oui, madame.

— Lui avez-vous dit que je suis?

— Je n'ai rien de caché pour Piers, Madame ; mais vos secrets ne sont pas les miens, je ne vous ai pas nommée. Cependant il sait que je suis avec une grande dame à qui je dois plus que la vie, et qui s'est enfuie déguisée en paysanne pour éviter la mort. C'est le bon ménestrel qui le lui a dit; il est avec lui.

— Le vieil Angus! Que je suis charmée de le savoir en sûreté! Mais

pourquoi a-t-il commis cette indiscré-
tion?

—Parce qu'il vouloit vous assurer un
protecteur. Piers a juré qu'il mourroit,
s'il le falloit, pour vous défendre. Sa
troupe se met en marche pour Bedford
demain à la pointe du jour, et elle
nous escortera jusqu'en cette ville.
Vous voyez bien que nous n'avons plus
rien à craindre.

— C'est une escorte assez singulière
pour la duchesse d'Hereford. Et pourtant je crois que c'est la plus sûre que
nous puissions avoir.

—Et Maintenant, Madame, me per-
mettrez-vous de vous amener Piers?

— Bien volontiers. Mais non, il
vaut mieux que j'aille le trouver moi-

même ; cela prouvera plus de confiance.

Elles descendirent dans la cuisine ;
il ne s'y trouvoit plus que les gens de
la maison, et on leur dit que Piers
étoit passé avec tout son monde dans
la grande salle du rez-de-chaussée. Elles
s'y firent conduire, et quoiqu'il fût environné d'une soixantaine de personnes,
elles s'avancèrent vers lui ; mais Alix
resta immobile d'effroi, quand elle
aperçut à côté de lui le féroce bourreau
de l'archevêque d'York, le sanguinaire
John Ball, appuyé sur une pique qu'il
tenoit de la main droite, et portant
par-dessus ses vêtemens ecclésiastiques
un gros ceinturon de cuir auquel un
sabre étoit suspendu.

Le prédicateur frénétique la reconnut
aussitôt.

— Vous voilà donc, lui dit-il, fille indigne de Wat-Tyler ; vous qui avez trahi dans le même jour votre père, vos concitoyens, votre patrie ; vous qui avez sauvé de la mort à laquelle ils étoient condamnés des Amalécites, des ennemis du peuple de Dieu ! Et cette femme qui vous accompagne, qui est-elle ? je le devine sans peine. Ce teint si blanc, ces mains si délicates n'ont jamais appartenu à une paysanne. C'est la duchesse d'Hereford. Oserez-vous le nier ? Piers, je m'empare de ces deux femmes : l'une est déjà condamnée à mort, et quant à l'autre, Jack Straw décidera de son sort.

— Elles sont sous ma protection, répondit Piers d'un ton ferme. Je les prends toutes deux sous ma sauve-garde. Elles ne me quitteront point.

— C'est au nom de Jack Straw, de ton chef, que je te requiers de me les livrer.

— Il ne t'a point donné cette mission, et je n'ai pas d'ordres à recevoir de toi.

— Eh bien, que celle-ci périsse du moins, s'écria le furieux en s'élançant sur la duchesse la pique levée.

Piers saisit le manche de la pique, et arrêta par là le coup dont la duchesse étoit menacée ; mais l'énergumène, laissant tomber cette arme et tirant son sabre, s'écria : — Elle n'en mourra pas moins.

Alix couvrit la duchesse de son corps, et elle alloit recevoir le coup

destiné à trancher les jours de cette
dame, quand Piers, qui suivoit tous les
mouvemens du prédicatenr furibond,
lui porta un coup de poignard, en s'é-
criant : — Meurs donc toi - même,
monstre féroce. Et Jonh Ball, frappé
au cœur, tomba mort à ses pieds.

Nous expliquerons dans un autre
chapitre les motifs qui avoient amené
ce fougueux révolté près de Piers. Il
nous suffira de dire en ce moment qu'il
y étoit venu avec une escorte de vingt
hommes qui se trouvoient tous en ce
moment dans cette salle; et, quand ils
virent tomber leur chef, des cris de
colère, des imprécations, et même
quelques menaces, se firent entendre
parmi eux. Mais Piers étoit environné
d'une troupe plus nombreuse de gens
qui lui étoient dévoués, et se tournant

vers eux : — Mes amis, leur dit-il, ai-je eu tort? devois-je laisser assassiner sous mes yeux une femme sans défense?

— Non! non! vous avez bien fait! lui répondit-on de toutes parts.

— Voilà bien du bruit pour peu de chose, dit un homme à figure sinistre, qui faisoit partie de la suite de John Ball; ce n'est qu'un homme de moins, après tout. Cela nous empêchera-t-il de réussir dans notre entreprise?

Il adressoit ces mots à ses camarades, en leur faisant des signes des yeux et des mains, comme s'il eût voulu les calmer; et dans le fait leurs murmures cessèrent au même instant.

— Maintenant, Piers, continua-t-il,

tu as entendu de la bouche de John
Ball quels sont les ordres que Jack
Straw a reçus de Wat-Tyler. Par conséquent nous n'avons plus besoin ici, et
nous allons repartir, quand nous aurons
bu un coup et mangé un morceau.

— Quand il vous plaira, répondit
Piers.

Ils sortirent de la salle, entrèrent
dans une autre chambre, s'y firent
servir à souper, et personne ne songea
plus à eux.

La duchesse étoit tombée privée de
connoissance à l'instant où elle avoit
vu le poignard de Piers percer le cœur
du scélérat dont elle avoit été si près
d'être la victime. Alix, aidée par une
servante de l'auberge, l'avoit emportée

dans là cour, et ses soins n'avoient pas tardé à lui rendre l'usage de ses sens. Voyant pourtant qu'elle étoit encore fort agitée, elle lui proposa de faire quelques tours de promenade dans le jardin, qui étoit fort grand, et la duchesse y consentit.

Cependant on emporta le corps du défunt, et le ménestrel, qui avoit été témoin de toute cette scène, ayant appris d'une servante de l'auberge que sa bonne maîtresse étoit revenue à elle, et se promenoit dans le jardin avec Alix, voulut rejoindre Piers, qui étoit pour lui maintenant presqu'un ange tutélaire. Mais Piers avoit alors de grandes occupations : d'après les ordres qu'il venoit de recevoir, sa troupe, au lieu de partir le lendemain matin pour le comté de Bedford, devoit se mettre

en marche à l'instant même pour retourner vers Londres, et il falloit qu'il
donnât les ordres nécessaires à ce sujet.
Angus ne le retrouva donc plus dans
la grande salle; mais quelques jeunes
gens qui avoient fait connoissance avec
lui, et qui étoient assis autour d'une
table chargée de plusieurs pots, l'ayant
appelé, le bon vieillard, qu'un verre
d'excellente aile n'avoit jamais vu re-
culer, se plaça à côté d'eux, et n'étant
pas fort ému de la mort du scélérat
dont on venoit d'emporter le cadavre,
il les divertit beaucoup en leur chantant une complainte burlesque sur la
mort d'un brigand.

La nuit commença à remplacer le
jour, mais à peine s'en apercevoit-on,
car la lune étoit entrée dans son plein
à sept heures du soir, et le ciel n'étoit

couvert d'aucun nuage ; circonstance
qui prolongea la promenade de la duchesse et d'Alix un peu plus tard qu'elles
n'en avoient le projet.

Comme elles pensoient à retourner
à la maison, quatre hommes tombèrent
sur elles au détour d'une allée, leur
lièrent un mouchoir sur la bouche avant
qu'elles eussent eu le temps de jeter un
seul cri, et les traînèrent vers une porte
donnant du jardin sur les champs, et
qui avoit été forcée d'avance, où seize
autres hommes les attendoient.

Nos lecteurs ont sans doute déjà de-
viné que ces ravisseurs étoient les gens
qui composoient l'escorte de John Ball.
Courroucés de la mort de leur chef, ils
n'avoient feint de vouloir s'arrêter pour
prendre des rafraîchissemens qu'afin de

chercher les moyens de le venger. Piers
étoit toujours trop bien accompagné
pour qu'ils osassent l'attaquer ; mais,
ayant vu entrer dans le jardin les deux
jeunes filles que le prédicateur féroce
avoit demandé qu'on lui livrât pour les
conduire à Jack Straw, ils résolurent
de tâcher de s'emparer d'elles. Par là
ils exécutoient ce que leur chef avoit
voulu faire, et ils punissoient indirec-
tement Piers, puisqu'il avoit pris un si
vif intérêt à leur sort.

Ce projet, conçu par l'homme à
figure sinistre dont nous avons déjà
parlé, n'éprouva aucun obstacle dans
son exécution. Quatre d'entre eux se
glissèrent dans le jardin pour veiller à
ce que leurs victimes n'en sortissent
pas, et les autres, sortant de la maison
comme s'ils en fussent partis pour aller

rejoindre leur troupe, firent le tour des murs et forcèrent la porte du jardin.

Emmenant alors leurs deux captives, ils prirent le chemin le plus court pour rentrer dans le comté d'Essex.

CHAPITRE VI.

Mais pourquoi ce concours et ces cris lamentables ?
Qui sont ces magistrats que la main d'un bourreau,
Par l'ordre des tyrans, précipite au tombeau ?

VOLTAIRE.

Nous abandonnons avec regret les deux fugitives devenues prisonnières; mais nous ne pouvons les suivre avant d'avoir rendu compte à nos lecteurs des motifs qui avoient amené John Ball dans la ville de Ware, et pour cela il est indispensable que nous leur tracions une esquisse rapide des événemens qui avoient eu lieu à Londres depuis le jour où Wat-Tyler avoit inutilement tenté de forcer la porte du Pont de Londres.

On n'a pas oublié que ce chef avoit chargé une partie de son armée de remonter la Tamise jusqu'à ce qu'elle pût traverser le fleuve, afin de pouvoir attaquer la ville de l'autre côté. Hob Carter, qui commandoit cette troupe, effectua ce passage à environ deux lieues plus haut, tourna Westminster, et ne tarda pas à arriver sous les murs de Londres. Temple-Bar ne l'arrêta pas un instant. Ce passage, qui auroit pu être défendu, n'étoit alors fermé que par des chaînes en fer qui furent brisées d'autant plus facilement qu'on n'avoit pas voulu affoiblir la petite garnison de Londres en y envoyant un détachement; et la populace, qui intérieurement favorisoit les révoltés, ne témoigna pas même l'envie de leur opposèr la moindre résistance.

Sous les murs de la ville étoit une grande place, plantée d'arbres, qui étoit alors la promenade ordinaire des citoyens. Hob Carter y rangea son armée en bataille, et ordonna qu'on enfonçât la porte. Une multitude de furieux se précipitèrent aussitôt pour exécuter cet ordre. Mais cette porte étoit assez solide pour leur opposer par elle-même un obstacle formidable, et les murailles étoient garnies de défenseurs braves et bien armés, qui faisoient pleuvoir sur les assaillans une

telle grêle de traits, de flèches et de
pierres que ceux-ci furent obligés de se
retirer avec perte. Trois fois ils révin-
rent à la charge, trois fois ils furent
forcés à faire retraite de la même manière.

Wat-Tyler, averti de l'arrivée d'Hob
Carier, les deux troupes n'étant alors
séparées que par la Tamise, saisit ce
moment pour faire une nouvelle attaque
sur le pont de Londres, et tâcher d'en
forcer la porte; mais elle ne réussit pas
mieux que la première, et il n'eut
d'autre parti à prendre que de se mettre
en observation sur la rive droite, pour
y attendre le résultat des opérations
d'Hob Carter.

Nous avons déjà vu que ce résultat
ne fut ni glorieux ni brillant; mais cette

troupe repoussée se vengea par de nouvelles déprédations, accompagnées d'affreuses cruautés. Retournant vers Temple-Bar, les révoltés entrèrent dans le Temple et y mirent le feu.

Cet édifice, ou pour mieux dire cette masse de bâtimens, avoit été bâti, comme son nom l'indique, pour les chevaliers templiers, et c'étoit leur principal établissement en Angleterre. Après la destruction de cet ordre, en 1310, Édouard II en fit donation à Thomas, duc de Lancastre. Ce seigneur s'étant révolté, ses biens furent confisqués, le Temple fut donné au comte de Pembroke, et sa mort sans enfans ayant encore fait rentrer cette propriété dans les domaines de la couronne, le roi en fit présent aux chevaliers hospitaliers.

5*

Cet ordre religieux et militaire, au
lieu d'y former un établissement, le
consacra à un objet d'utilité publique,
et les écoles de jurisprudence y furent
placées. A l'époque dont nous parlons,
la cour de la chancellerie y tenoit ses
séances et y avoit le dépôt de ses
archives; deux autres cours de justice
s'y trouvoient aussi, et un grand
nombre de juges et surtout d'avocats
y avoient leur domicile.

Sachant que tout ce qui appartenoit
à la robe étoit proscrit par les rebelles,
presque tous avoient pris la fuite en
apprenant la nouvelle qu'ils avoient
passé la Tamise. Quelques-uns y res-
toient pourtant encore quand on y mit
le feu; et, en voulant fuir les flammes,
ils tombèrent entre les mains des révoltés, qui les pendirent sans miséricorde.

De ce nombre fut Robert Hales, trésorier de la chancellerie ; mais il se
joignit à sa mort une circonstance qui
se rattache plus particulièrement à notre
histoire.

On avoit dressé devant la porte du
Temple une potence qui avoit déjà
servi à immoler plusieurs victimes , et
l'on alloit y traîner le trésorier, quand
on amena devant Hob Carter un homme
vêtu en domestique, mais qui portoit
une perruque semblable à celle des
avocats. C'étoit John Caddy, cet avocat de Maidstone qui étoit venu ap-
porter à Londres la première nouvelle
de l'insurrection, comme on l'a vu
dans le chapitre premier. Il s'étoit re-
tiré dans Southwark ; mais, quand il
avoit appris la nouvelle de la défaite de
la petite armée royale à Blackheath ,

ne s'y jugeant pas en sûreté, il étoit
venu se réfugier au Temple chez un
avocat de ses amis. Séparé des révoltés
par la Tamise, il ne croyoit plus avoir
rien à craindre ; et, comme il n'avoit
plus près de lui sa *chaste Suzanne* pour
l'avertir des dangers qui le menaçoient,
il n'apprit l'arrivée des rebelles qu'au
moment où ils passoient à Temple-
Bar pour aller attaquer la porte de
Londres.

Sa frayeur fut telle qu'il resta quelque temps immobile, sans avoir la
force de prendre un parti. Il voyoit les
juges et les avocats fuir du Temple en
toute diligence les uns après les autres,
et il pensa enfin qu'il n'avoit rien de
mieux à faire que de les imiter. Mais
un excès de prudence l'empêcha de
les suivre sur-le-champ : il voulut se

déguiser, et il perdit un temps assez
considérable à chercher un domestique
qui pût lui donner un de ses habits.
Il n'avoit pas encore fini son travestis-
sement, quand il vit de sa fenêtre
qu'on mettoit le feu au bâtiment qui
faisoit face à celui dans lequel il se
trouvoit, et dans ce moment de trouble
et d'épouvante, une malheureuse dis-
traction lui fit oublier sa perruque.

On n'inquiétoit aucunement les domestiques qui sortoient de toutes les
parties de ce vaste édifice pour ne pas
être écrasés sous ses ruines. On se bor-
noit à leur faire crier : *Mort aux
juges! mort aux avocats !* après quoi
on leur laissoit la liberté d'aller où bon
leur sembloit ; mais un domestique en
perruque d'avocat parut suspect.

—Qui es-tu ? lui demanda Hob Carter.

— Un pauvre domestique.

— Pourquoi as-tu cette perruque ?

— Quelle perruque ? demanda l'avocat Caddy ; et, portant la main à sa tête, il sentit ce qu'il regardoit comme son arrêt de mort.

— Me répondras tu ?

— C'est que.... c'est celle de mon maître.

— Mais pourquoi est-elle sur ta tête ?

— Parce que... j'ai eu peur... peur du feu ; et j'étois si troublé que... j'ai pris cette malheureuse perruque pour mon bonnet.

— Ce drôle m'est suspect, dit Hob Carter. Crie : *Mort aux juges !*

— *Mort aux juges !* cria l'avocat de toutes ses forces.

— Bien cela ! Maintenant : *Mort aux avocats !*

— *Mort . . .* répéta Caddy d'un ton plus bas.

— *Aux avocats !*

— Eh bien, *aux avocats !*

— Es-tu ami du peuple ?

— Oui, oui. *Liberté ! affranchissement !*

— Eh bien, tu vas en donner une

preuve. Tu vois cet homme-là , et il lui montra en même temps sir Robert Hales, à qui l'on faisoit traverser la cour extérieure pour le conduire à la potence , je te charge de le pendre.

— Je n'ai jamais fait ce métier-là ! s'écria Caddy épouvanté.

— Eh bien, tu l'apprendras. Allons, vous autres, conduisez-le ; et, s'il ne fait pas son devoir , pendez-les tous les deux.

On s'empara de l'avocat, et on le conduisit près du trésorier. Sir Robert Hales avoit été juge quelques années auparavant : il avoit plusieurs fois tenu les assises à Maidstone, et il reconnut l'avocat Caddy.

— C'est vous , John Caddy ?

— Chut! chut! je vous en prie ;
ne me faites pas reconnoître, lui dit
l'avocat à voix basse.

— Qu'importe? N'allons-nous pas
mourir ensemble ?

— Pas tout-à-fait..., je l'espère
du moins.

—Recommandons notre âme à Dieu.

— C'est bien pensé. Je vous y en-
gage.

Ils étoient déjà au pied de la potence ; une corde, passée dans une pou-
lie, étoit préparée; un nœud coulant
étoit disposé à l'un des bouts. Un homme
à figure féroce tenoit l'autre dans la
main, prêt à hisser en l'air la victime

II.   6

de la fureur populaire ; Caddy n'avoit donc autre chose à faire que de lui passer la corde autour du c ou ; mais on l'auroit pris pour le patient plutôt que pour l'exécuteur, quand on lui mit en main le nœud fatal.

— Pardonnez-moi, lui dit-il tout en cherchant à remplir ses fonctions, si ce n'étoit moi, ce seroit un autre, et je n'ai que l'alternative de vous pendre ou d'être pendu.

— Puisse le sacrifice de ma vie sauver la vôtre ! dit sir Robert Hales.

Caddy passa beaucoup plus de temps qu'il n'en auroit fallu pour s'acquitter de l'exercice de sa nouvelle charge. — Vous voyez bien qu'il ne veut pas le pendre ! crioit-on autour de lui. Allons, allons, qu'il soit pendu lui-même !

— Et mais, mais songez donc que c'est mon apprentissage ! s'écria-t-il, comme Susanne le disoit d'un clerc qui étoit nouvellement . . . .

Il fut interrompu par de grands cris : — C'est vrai ! il a raison ! il fera mieux une autre fois !

— Comment une autre fois ! pensa Caddy, ont-ils donc envie de faire de moi leur exécuteur des hautes œuvres ?

Cette inquiétude ne dura pas long-temps ; car les révoltés, occupés à jouir des convulsions de leur victime, ne songèrent plus à lui. Il jeta dans un ruisseau la perruque qu'il maudis-soit de bon cœur, et, traversant des champs nommés Holborn, qui forment aujourd'hui un des plus riches quartiers de Londres, il s'avança du côté du nord, sans trop savoir ce qu'il deviendroit, ni où il iroit.

Cependant les rebelles, après avoir incendié le Temple, suivirent les bords de la Tamise, et remontèrent le Strand. On n'y voyoit pas alors de superbes boutiques étalant aux yeux une profusion de marchandises de toute espèce. On y trouvoit des promenades sur le bord de la Tamise, des prairies, des champs, un grand jardin appartenant à l'abbé de Westminster, qu'on appeloit le Jardin du Couvent, et dont l'emplacement porte encore aujourd'hui le même nom, *Covent-Garden*. Là s'élevoient aussi de jolies maisons de plaisance appartenant à des seigneurs de la cour, ou à de riches citoyens.

Enfin c'étoit là qu'étoit situé le superbe palais de Savoie, bâti vers 1240
par Pierre de Savoie, oncle d'Éléo-
nore, fille de Bérenger, comte de Pro-
vence, et épouse d'Henry III, roi
d'Angleterre, qui avoit servi de prison
à Jean, roi de France, quand il fut
pris par les Anglais en 1356, après la
bataille de Poitiers, et où il mourut
le 8 avril 1365, pendant un voyage
qu'il fit en Angleterre, voyage attribué
par les uns à la passion qu'il avoit con-
çue pour une belle Anglaise, par les
autres au désir d'arranger à l'amiable
quelques difficultés relatives à l'exécution du traité de Brétigny, et qui menaçoient de troubler la paix existante
entre les deux nations.

Ce palais appartenoit alors au duc
de Lancastre; et comme c'étoit celui

des trois oncles du roi qui étoit le plus
odieux à la multitude, il fut dévoué
aux flammes, et les rebelles y mirent
le feu à quatre endroits différens. Hob
Carter défendit qu'on y pillât la moindre
chose ; tout devoit être la proie de l'é-
lément destructeur, et il fit jeter dans
les flammes un homme qui y avoit pris
un plat d'argent. On trouva, dans un
bâtiment isolé, quelques barils qu'on
jeta dans le feu sans les ouvrir; ils
contenoient de la poudre : l'explosion
fit sauter en l'air une partie du bâtiment, et un grand nombre de personnes furent tuées ou blessées. Cependant l'édifice étoit si considérable
et se composoit de tant de bâtimens
détachés et séparés par quatre cours
différentes, qu'il ne fut pas entière-
ment détruit. On construisit sur ses
ruines une prison militaire et un hôpi-

tal, mais il n'en existe plus rien aujour-
d'hui, tous ces bâtimens ayant été
détruits il y a quelques années, pour
faire place au pont qui porte le nom
de Waterloo.

Plusieurs autres édifices partagèrent
le même sort. La lumière de tant d'in-
cendies répercutoit une lueur rougeâtre
sur les murs de Londres ; et les riches,
les nobles, les courtisans qui demeu-
roient dans cette ville, trembloient en
voyant arriver si près de leurs habita-
tions les feux qui avoient déjà dévoré
une partie du bourg de Southwark. La
populace au contraire voyoit avec un
secret triomphe cette œuvre de dévas-
tation. Elle se souleva pendant la nuit,
ouvrit la porte qui fermoit le pont de
Londres, appela Wat-Tyler à grands
cris, et celui-ci entrant sur-le-champ a

la tête de ses troupes, son armée se ré-
pandit comme un torrent dans toute la
partie occidentale de Londres, força
quelques barricades qui ne furent que
foiblement défendues, et, marchant du
côté de Temple-Bar, ouvrit l'entrée de
la ville au corps commandé par Hob
Carter. Toute cette nuit se passa dans
des désordres sans nombre. Tous ceux
qui avoient quelque sujet de crainte se
réfugièrent dans la partie orientale de
la ville, à l'extrémité de laquelle se
trouvoit la Tour, et augmentèrent par
là le nombre de ses défenseurs.

Dès que le jour parut, Wat-Tyler
fit marcher son armée vers la Tour,
mais il trouva plus d'obstacles qu'il ne
s'y attendoit. Une grande rue partant
du pont de Londres, et s'étendant presque en ligne droite jusqu'à la porte du

nord, dite Bishopsgate, séparoit la ville
en deux parties dont celle située à l'o-
rient étoit la moins considérable ; mais,
comme la Tour s'y trouvoit, et qu'on
avoit prévu la possibilité que les rebelles
entrassent par le pont de Londres, toutes
les issues qui conduisoient de cette rue
dans la partie orientale avoient été défendues par de très-fortes barricades,
et de cent pas en cent pas il s'en élevoit
d'autres jusqu'à la Tour.

Wat-Tyler fit une attaque générale
sur tous les points en même temps, et
partout il fut repoussé avec perte. Non-
seulement les barricades étoient défendues par un nombre d'hommes suffisant
pour faire face au front peu étendu
qu'il pouvoit déployer dans les rues,
mais les fenêtres et les toits étoient
garnis d'une foule de gens armés qui

lançoient sur les rebelles des pierres et des traits de toute espèce. La population de ce quartier avoit plus que doublé par le nombre de fugitifs qui s'y étoient retirés pendant la nuit; et la populace, tenue en respect par des patrouilles qui parcouroient sans cesse toutes les rues, n'osoit remuer.

Après deux heures d'efforts inutiles, Wat-Tyler se retira en frémissant de rage, et il se vengea de cet échec en commettant des dévastations sans nombre dans toute la partie occidentale de Londres, qui pendant trois jours n'offrit qu'une scène de désolation et de terreur. Mais il envoya sur-le-champ, par la porte dite Moorgate dont il étoit maître, un messager à Jack Straw pour l'informer qu'il étoit entré dans Londres, et lui ordonner de faire marcher

toutes ses troupes sur cette ville à l'instant même, afin de pouvoir faire une
attaque simultanée sur tous les points,
tant extérieurement que dans l'intérieur.

Dès que Jack Straw avoit reçu cet
ordre, il avoit fait partir des exprès
pour le communiquer aux deux autres
divisions, et c'étoit John Ball qu'il avoit
choisi pour remplir cette mission auprès
de Piers. Nous avons vu comment elle
se termina pour celui qui en avoit été
chargé ; il nous reste à voir ce que devinrent la duchesse et Alix après avoir
été enlevées par ceux qui servoient
d'escorte à ce prédicateur de crimes.

CHAPITRE VII.

«D'armes et d'ennemis je suis environnée.»
RACINE

Dès qu'ils furent à un quart de mille
de la ville de Ware, les compagnons
de John Ball, qui s'étoient emparés de
la duchesse et d'Alix, détachèrent le
mouchoir qui étouffoit leurs prison-

nières, et l'homme à figure sinistre,
que la mort de ce frénétique sembloit
en avoir rendu le chef, leur déclara
que si elles faisoient une tentative pour
s'enfuir, leur vie en répondroit.

— Et où nous conduisez-vous donc?
demanda Alix, qui ne savoit pas encore
en quelles mains elles se trouvoient.

— Devant Jack Straw, répondit-il
avec un sourire farouche.

Alix ne répondit rien, et jeta sur la
duchesse un regard qui sembloit lui
dire qu'elle ne conservoit plus aucune
espérance.

— Et quel mal vous avons-nous fait?
demanda la duchesse. Ayez compassion
de nous; rendez-nous la liberté, et ac-

ceptez cette bourse comme une marque
de notre reconnoissance.

— Voyons! Eh! elle n'est pas mal
garnie!... Camarades, nous la parta-
gerons. Je ne vous fais pas de tort en la
gardant, parce que je suis sûr que,
d'ici à quelques heures, vous n'aurez
plus besoin de rien. Non, non; Jack
Straw y mettra bon ordre, c'est Dirk
qui vous en répond.

Cette plaisanterie féroce fit beaucoup
rire ses sauvages compagnons, mais cet
accès de gaieté ne dura pas long-temps;
car à peine avoient-ils fait deux milles,
qu'ils virent à peu de distance un corps
de troupes qui s'avançoit vers eux.
Quoique la nuit fût belle, la clarté
n'étoit pas suffisante pour qu'ils pussent
en reconnoître le nombre. Ils s'imagi-

nèrent que c'étoit Piers qui les faisoit
poursuivre, et ne songèrent qu'à prendre la fuite; mais ils avoient été aperçus;
un peloton de cavalerie se détacha, leur
coupa la retraite, et ils se rendirent sans
même essayer de se défendre.

On les conduisit devant le chef de
cette petite troupe qui n'étoit composée
que d'environ trois cents hommes, et
ils furent doublement consternés quand,
au lieu de voir Piers, comme ils s'y attendoient, ils apprirent qu'ils étoient
prisonniers d'un corps de troupes
royales.

Ils n'espéroient aucune merci, et
s'attendoient à être massacrés ou en-
voyés au gibet, quand le chef, les
ayant interrogés, et ayant appris qu'ils
étoient tous des paysans du comté

d'Essex, se contenta de les faire désarmer, et leur dit : — Comme rebelles pris les armes à la main, j'aurois le droit de vous faire pendre sans autre forme de procès, mais je ne vois en vous que des gens séduits et égarés. Retournez dans vos demeures, cultivez vos terres, vivez en paix, et méritez ainsi la grâce que vous accorde le comte d'Oldbridge.

Ils lui promirent de rentrer chez eux, de ne plus se joindre aux révoltés, et ils furent mis en liberté. Tinrent-ils leur parole? c'est une question à laquelle nous ne pouvons répondre en ce moment, mais sur laquelle les événemens subséquens jetteront quelque jour.

— Le comte d'Oldbridge! s'écria la

duchesse; ma chère amie, nous n'avons plus rien à craindre.

Et, prenant Alix par la main, elle se dégagea des rangs des rebelles dont elle étoit encore entourée, et qui ne leur opposèrent aucune résistance, et elle s'avança vers le comte avec sa jeune compagne.

Mais, avant de rendre compte de ce qui se passa entre eux, il paroît indispensable d'expliquer à nos lecteurs comment ce seigneur se trouvoit en armes avec un petit corps de partisans au milieu des comtés qui étoient devenus le foyer de la rébellion.

La nouvelle de la révolte de Wat-Tyler et du premier succès qu'il avoit obtenu à Blackheath étoit alors par-

6*

venue dans toute l'Angleterre. Le duc
de Glocester étoit sur le point de con-
clure une trève de trois ans avec l'Ecosse,
et le désir qu'il avoit de marcher sur
Londres avec son armée fit qu'il ne
se rendit pas difficile sur les conditions.
Cependant quelques jours de délai lui
étoient indispensables, et il ne pouvoit
mettre ses troupes en mouvement aussi
promptement qu'il l'auroit désiré. Les
grands barons des comtés du nord,
d'York, de Cumberland, de Northumberland, armoient aussi leurs vas-
vaux et se disposoient à se mettre
en marche pour porter des secours
à leur souverain. Mais dans les comtés plus voisins de Londres, dans
ceux où l'on avoit pu apprendre les
cruautés et les dévastations commises
par Jack Straw dans le comté d'Essex, l'intérêt personnel avoit donné

un nouveau degré d'activité aux préparatifs de défense. Tous les seigneurs prenoient les armes, et appe-
loient leurs vassaux sous leurs bannières.
Sir Robert Knolles, riche propriétaire
du comté d'Huntington, fut le premier
en état de marcher ; mais ce seigneur,
aussi prudent que brave, jugea avec raison que, pour espérer de réussir, il falloit
se montrer en campagne avec une force
suffisante pour imposer aux rebelles,
et les disperser par la terreur, encore
plus que par la force. Il envoya donc des
messagers à tous les grands barons des
comtés de Cambridge, de Suffolk, de
Norfolk, de Southampton, de Rutland
et de Leicester, et les invita à réunir
toutes leurs forces à Huntington dans
le plus court délai possible, pour ensuite attaquer de concert les révoltés,
et se porter sur la capitale..

Cette invitation fut universellement acceptée, et déjà plusieurs seigneurs étoient alors en marche à la tête de leurs vassaux pour aller joindre sir Robert Knolles. Le comte d'Oldbridge fut le seul qui ne crut pas devoir s'y rendre; et plusieurs causes concoururent à lui faire prendre cette résolution. La première fut son caractère impétueux et entreprenant. Il n'avoit que vingt-deux ans; il n'avoit encore fait qu'une seule campagne; il s'y étoit signalé par une bravoure à toute épreuve, et il étoit jaloux d'arriver le premier au secours de son souverain. La seconde étoit son intérêt personnel, à la voix duquel les plus grands seigneurs ne sont pas plus sourds que les plus minces particuliers. Ses domaines étoient situés à peu de distance de Royston, et par conséquent limitrophes aux comtés d'Essex et

d'Hertford; les révoltés étoient maîtres
de presque la totalité de ces deux
comtés ; il étoit donc plus exposé que
personne à leurs déprédations, et il ne
se soucioit pas de laisser ses possessions
sans défense, en perdant une journée
pour remonter à Huntington du côté
du nord, tandis que c'étoit du côté
du midi que le péril le menaçoit.

Il se tenoit donc armé de pied en
cap dans son château, à la tête d'environ trois cents hommes de ses vassaux
sur le zèle et la fidélité desquels il
croyoit pouvoir compter, et faisoit
surveiller avec soin par des espions les
mouvemens des rebelles. Dès qu'il apprit que le corps de Jack Straw se remettoit en marche vers Londres, un
troisième motif, tiré d'un raisonnement
politique, vint se joindre aux deux

premiers pour l'affermir dans sa dé-
termination de ne pas aller joindre les
barons confédérés à Huntington. Il
s'imagina qu'en pénétrant dans les
comtés que les rebelles venoient d'occuper et qu'ils paroissoient se disposer
à évacuer, sa petite troupe deviendroit
un noyau auquel se joindroient tous
les seigneurs du pays que la terreur
avoit forcés à se cacher et à se disperser ; que formant ainsi, en quelque
sorte , l'avant-garde de l'armée qui
alloit le suivre, il pourroit inquiéter
les révoltés dans leur marche ; enfin
qu'il s'assureroit par là l'honneur d'avoir
été le premier à les combattre.

Ses calculs ne l'avoient pas trop induit
en erreur jusqu'alors. A peine étoit-il en
marche depuis quelques heures , et déjà
plusieurs seigneurs du comté d'Essex.

s'étoient réunis à lui avec quelques
hommes à cheval, ce qui lui avoit com-
plété une cinquantaine de cavaliers. La
lâcheté avec laquelle vingt hommes
bien armés venoient de se rendre sans
même essayer de se défendre le rem-
plissoit d'une confiance présomptueuse,
et il se croyoit déjà destiné à être le
libérateur du royaume.

Il fut surpris en voyant deux paysannes
quitter les rebelles auxquels il venoit de
pardonner et s'avancer vers lui.

— Que me voulez-vous? leur demanda-t-il.

— Est-ce l'obscurité de la nuit, lui
demanda la duchesse à son tour, ou
est-ce mon déguisement qui empêche
le comte d'Oldbridge de me reconnoître?

Il s'approcha d'elle, et la considéra avec attention.

— Sur mon âme, s'écria-t-il, votre grâce doit me pardonner. Qui auroit pu s'imaginer de trouver la duchesse d'Hereford au milieu de ces misérables, et couverte de tels vêtemens?

— Nous étions leurs prisonnières, et vous êtes notre libérateur.

— C'est plus de bonheur que je n'en espérois. Mais comment votre grâce est-elle tombée entre leurs mains?

La duchesse lui raconta succinctement ce qui lui étoit arrivé, et lui présenta Alix comme la jeune fille qui lui avoit sauvé la vie.

— Votre grâce a couru de grands

dangers, mais je crois qu'à présent vous n'en avez plus à craindre, dit le comte d'un air d'importance ; nous marchons sur Londres, et j'aurai bien du plaisir à vous remettre entre les mains du duc, car je sais qu'il est près du roi.

—Mais avant que vous y arriviez, mon cher comte, il pourra bien se faire que vous ayez quelques coups de sabre à donner, et ni ma compagne ni moi n'avons l'humeur guerrière.

—Oh ! il n'y a pas le moindre danger. Nous chasserons ces coquins devant nous comme un troupeau de moutons. D'ailleurs, quels peuvent être les projets de votre grâce ?

— J'ai dessein de me rendre dans le Northumberland, chez mon père, et d'y rester jusqu'à la fin des troubles.

— Je crois que votre grâce feroit mieux de nous accompagner à Londres. Si pourtant elle persiste dans cette résolution, il ne me restera que le regret de ne pouvoir lui servir d'escorte. Mais ma marche sur Londres est trop importante au salut de l'état pour que je puisse la suspendre. Cependant je vais vous faire donner deux chevaux, et dix hommes vous conduiront jusqu'à Huntington où vous trouverez sir Robert Knoller qui se fera un devoir et un plaisir....

Un grand bruit se fit entendre en ce moment, et l'on vit, sur les derrières de la petite troupe, une foule innombrable d'hommes armés descendre d'une hauteur très-voisine qui les avoit cachés jusque-là. Le comte oublia sur-le-champ la duchesse et sa compagne,

et ne songea plus qu'à mettre sa petite
armée en ligne de bataille. Ce malheureux événement dérangeoit tous ses
plans; il ne pouvoit plus continuer à
marcher sur Londres, ayant derrière
lui un corps si nombreux : les ennemis
étoient trop près pour qu'il pût espérer
de les éviter en les tournant de droite
ou de gauche, et il ne pouvoit douter,
à leur marche irrégulière, que ce ne
fussent des révoltés. Il ne lui restoit
donc qu'une seule espérance, c'étoit
de s'ouvrir un passage dans leurs rangs,
le sabre à la main, et d'aller rejoindre
sir Robert à Huntington : il fit donc
ses dispositions en conséquence.

Les révoltés eux-mêmes ne savoient
encore quel étoit le corps qui étoit
devant eux, mais on les voyoit s'a-
vancer à grands pas en étendant leurs

flancs, comme s'ils eussent eu dessein de l'envelopper. Le comte vit cette manœuvre avec plaisir, espérant que le centre s'affoiblissant pour renforcer les ailes, il lui seroit plus facile d'y faire une trouée, comme il se le proposoit. Cependant les rebelles, suivant leur usage, faisoient retentir les airs des cris : *Liberté* ! *affranchissement* ! et lorsque le comte donna le signal de l'attaque, quel fut son désespoir en entendant tous ses vassaux répéter les mêmes cris et refuser de combattre?

Il ne songea plus qu'à vendre sa vie le plus cher qu'il lui seroit possible. Sept à huit seigneurs qui l'avoient joint prirent la même résolution, et se jetèrent comme lui au milieu des révoltés, où ils trouvèrent la mort après

l'avoir donnée à plus d'un ennemi. Le
comte se défendoit encore ; il avoit
reçu plusieurs blessures, quoique toutes
fort légères ; mais son cheval ayant été
tué sous lui, il fut renversé, et un de
ceux qui l'attaquoient alloit le percer
d'un coup de pique, quand Piers, dé-
tournant l'arme qui alloit lui donner la
mort, lui cria : Rendez-vous ! et je
vous assure la vie sauve. Le comte
avoit une jambe engagée sous son cheval, et il ne lui restoit aucun moyen
de défense, la lame de son sabre s'é-
tant cassée dans sa chûte ; il le présenta
à Piers par la poignée, et celui-ci
l'ayant aidé à se relever, il lui demanda à être conduit en présence du
chef.

— C'est moi qui commande cette
troupe, répondit Piers.

— En ce cas la générosité que vous m'avez montrée m'assure que vous donnerez des ordres pour qu'on respecte deux femmes, deux paysannes qui se trouvoient avec moi quand vous m'avez attaqué.

Il s'ensuivit une explication qui apprit à Piers que ces deux femmes étoient Alix et sa compagne. Il les fit chercher sur-le-champ, mais les vassaux du comte déclarèrent qu'elles avoient pris la fuite dès qu'elles avoient vu qu'on se disposoit à combattre. Toutes les recherches qu'on fit dans les environs furent inutiles ; on ne put en avoir aucune nouvelle.

Piers continua à marcher vers Londres, en maudissant presque sa victoire, après avoir rendu la liberté et fait pré-

sent d'un cheval au comte d'Oldbridge,
qui prit seul la route d'Huntington,
les vassaux qu'il avoit amenés pour
combattre les rebelles s'étant déter-
minés à les suivre. Ils habitoient un
canton trop voisin du foyer de la révolte
pour ne pas être disposés à prendre les
sentimens des séditieux, et il ne fallut
qu'une étincelle pour allumer dans leur
cœur le feu qui fermentoit alors sour-
dement dans toutes les têtes.

CHAPITRE VIII.

« Il étoit expérimenté,
Et savoit que la méfiance
Est mère de la sûreté. »
LA FONTAINE

Nos lecteurs pourront à peine se figurer quèlle fut la consternation de la duchesse, quand, à la clarté de la lune, elle vit une armée de rebelles descendre d'une hauteur peu éloignée, et qu'elle reconnut qu'il étoit impossible que le comte les évitât. Le résultat du combat ne lui paroissoit pas douteux ; une poignée d'hommes, quelle que fût leur bravoure, ne pouvoient résister à des ennemis nombreux. Elle se voyoit donc à l'instant de retomber entre leurs mains, au moment même où elle se flattoit d'être à l'abri de tout péril.

Les réflexions d'Alix n'étoient guére plus tranquillisantes. Elle ne pouvoit douter que cette multitude armée qu'elle voyoit s'avancer ne fût un corps des révoltés. Elle aimoit à se flatter de l'idée que c'étoit la troupe de Piers, qui, s'étant aperçu de son enlèvement, s'étoit mis à la poursuite des ravisseurs. Mais n'étoit-il pas encore plus probable que c'étoit l'armée commandée par Jack Straw ? Ceux qui l'avoient enlevée devoient èn connoître la position, et avoient sans doute dirigé leur marche de manière à la rencontrer. Or elle savoit que ni elle ni la duchesse n'avoient à espérer ni pitié ni merci de la part du sanguinaire boucher.

L'alternative étoit trop dangereuse pour s'y exposer; et pendant que le comte d'Oldbridge rangeoit en bataille le petit détachement qui alloit l'abandonner et le trahir, elles prirent la fuite et ne songèrent qu'à s'éloigner le plus tôt possible d'un lieu qui les menaçoit de nouveaux dangers.

Se tenant par le bras, et osant à peine respirer, elles marchèrent ou plutôt elles coururent tout le reste de la nuit, au hasard, et sans savoir de quel côté elles alloient. Elles virent plusieurs villages,

mais elles n'osèrent y entrer, de peur
d'y rencontrer quelque détachement
des révoltés dont elles ne croyoient pas
être encore assez loin. Enfin elles arrivèrent à la pointe du jour, épuisées
de fatigue, près d'un moulin situé sur
le bord d'un ruisseau, à peu de distance d'un petit village, et, voyant un
vieillard à la porte de la maison, elles
s'approchèrent de lui et lui demandè-
rent si elles étoient sur la route d'Huntington.

—D'Huntington! répéta le meunier,
non vraiment, jeunes filles; vous y
tournez le dos. Vous n'êtes qu'à un
mille de Saint-Albans, et du train dont
je vous voyois marcher, je me disois :
Voilà deux voyageuses qui seront avant
deux heures d'ici dans le Middlesex.

— Quel contre temps! s'écria Alix;

nous n'avons donc marché toute la nuit
que pour nous écarter de la route que
nous voulions suivre !

—Mais dites-moi, mon brave homme,
dit la duchesse; y a-t-il des.... des
hommes armés dans les environs?

— Non, non. Ils ont passé par ici
il y a trois jours pour se rendre dans
le comté de Buckingham; ils nous ont
enlevé tous nos hommes, jusqu'à mes
deux garçons de moulin; mais depuis
ce temps nous n'en avons plus entendu
parler. Allez, je me suis trouvé dans
un bel embarras, seul avec ma petite-
fille, un enfant de dix ans, et tous les
habitans du village me tombant sur les
bras à la fois pour leur moudre du
grain ; car vous jugez bien que cinq
à six mille hommes qui arrivent dans

un petit village y mettent bientôt la
famine. Heureusement le ciel m'a en-
voyé un aide, et, quoiqu'il n'entende
rien à la besogne, du moins il est fort
et vigoureux, et il a bonne volonté.
Mais vous avez l'air fatiguées; entrez
chez moi, vous vous reposerez.

Nos deux voyageuses acceptèrent
une invitation qui venoit fort à propos,
car elles pouvoient à peine se soutenir
sur leurs jambes. Comme elles en-
troient dans la maison du meunier, une
petite fille d'une figure charmante, et
qui paroissoit pleine de vivacité, ac-
courut vers le vieillard en criant : —
Papa, j'ai faim.

— Eh bien ! mon enfant, apprête le
déjeuner. N'es-tu pas ma petite femme
de ménage? Prépare le pain, le beurre,

et va chercher le lait... Jeunes filles,
vous déjeunerez avec nous?

Cette proposition n'étoit pas plus à
rejeter que la première. On se mit à
table, et la petite Fanny déploya une
adresse et une intelligence peu ordi-
naires à son âge.

— Vous avez donc marché toute la
nuit? dit l'enfant.

— Oui, mon enfant, dit la duchesse.

— Vous devez être bien fatiguées!

— Il n'est que trop vrai!

— Et vous n'avez pas dormi?

— Pas un instant.

— Que je suis fâchée que mon lit soit
si petit!

— Mais le mien est grand, mon enfant, dit le vieillard ; et en y mettant
des draps blancs, ces deux jeunes filles
pourront y prendre quelques heures de
repos.

— Je vais arranger cela, dit Fanny ;
et sans prendre le temps de finir son
déjeuner, elle rentra dans une chambre
d'où nos voyageuses l'avoient vue sortir
en arrivant.

Un homme vêtu en garçon meunier
entra en ce moment.

— Notre maître, il faut que vous
alliez au moulin. Il y a... Ah! ah! vous
êtes en compagnie, et en bonne compagnie, deux jolies filles! Est-ce que
vous voulez vous remarier? Mais, pre-
nez-y garde, la loi défend la bigamie,

—Qu'est-ce que tu veux dire avec ta *picamie?* Parle-moi de grains et de farine, et je te répondrai... Qu'est-ce qu'il y a à faire au moulin?

— Maudit bavard! murmura le garçon meunier, qu'avois-je besoin de parler de bigamie à cette pécore? C'est une femme, dit-il tout haut, qui apporte un sac de blé sur son âne pour le moudre, et elle veut savoir quand elle pourra venir chercher la farine.

— Je vais lui parler, dit le meunier, et il sortit.

Le garçon meunier se mit à table sans cérémonie, coupa une trànche de pain, y étendit du beurre, se versa une tasse de lait, et se mettant à déjeuner: — Ce que c'est que de se lever de bonne heure, dit-il, cela vous ouvre l'appétit. Je vois que ce n'est pas sans raison que Suzanne disoit :

> Lever à cinq, dîner à neuf,
> Souper à cinq, coucher à neuf,
> Font vivre d'ans quatre-vingt-neuf.

C'est une fille qui n'a pas sa pareille que ma chaste Suzanne, et si je l'avois eue près de moi dans toutes mes tribulations......

Il parloit comme s'il eût été seul, mais ayant en ce moment levé les yeux sur la duchesse, qui étoit assise en face de lui, et qui le considéroit elle-même avec une attention bien marquée, il resta la bouche ouverte, et remit sur la soucoupe la tasse qu'il portoit à ses lèvres.

7*

— J'ai déjà vu cette jeune fille,
pensa-t-il.

— La figure de cet homme ne m'est
pas inconnue, pensoit la duchesse de
son côté.

— Elle n'est pas ce qu'elle paroît
être.

— Ce n'est pàs un garçon meûnier.

— Seroit-il possible que ce fût ...

— Si je ne me trompe, c'est ...
Mais pourquoi ne pas m'en assurer ?
Avez-vous toujours habité ces envi-
rons, mon ami ?

— Non, pas absolument ; pas toujours, répondit en hésitant le garçon
meunier qui ne se soucioit pas de se

faire connoître avant de savoir d'une manière bien certaine, à qui il parloit.

— Si mes yeux ne me trompent pas, je vous ai vu dans le comté de Kent.

— Cela n'est pas . . . n'est pas impossible.

— Près de Maidstone.

— J'y ai . . . passé quelque temps.

— N'est-ce pas vous qui, comme bailli du comte d'Ashford, avez harangué la duchesse d'Hereford quand elle arriva dans son château il y a environ six mois ?

— Moi-même, madame la duchesse; l'avocat Caddy, pour vous servir ; car je ne doute plus à présent que ce ne soit à votre grâce que j'ai l'honneur de parler.

Et en même temps il se leva de table, ôta son bonnet, et la salua d'un air respectueux.

— Votre seigneurie, dit-il à Alix qu'il prit alors pour une dame déguisée, et qu'il salua humblement, me permettra aussi de lui présenter mes respects.

Alix se mit à rire.

— C'est ma sœur, reprit la duchesse, et je n'ai en ce moment d'autre nom que Gertrude, souvenez-vous-en, monsieur l'avocat. Mais par quel hasard êtes vous devenu garçon meunier?

— Hélas! milady, répondit Caddy en

poussant un profond soupir, vous frémi-
riez si vous saviez tous les métiers que j'ai
été obligé de faire depuis huit jours ! et
fasse le ciel que celui que je fais aujour-
d'hui soit le dernier ! Ces enragés coquins
de révoltés m'ont fait fuir de Maidstone à
Southwark, et de Southwark à Londres;
de Londres, où j'ai évité la potence (je
ne vous dirai pas comment, parce que
l'histoire seroit trop longue), je me suis
sauvé dans la campagne, et trouvant
ce bon meunier dans un grand embarras, parce que ses garçons l'avoient
quitté pour se joindre aux rebelles, j'ai
pensé qu'en entrant à son service, je
pourrois rester ici sans danger jusqu'à
la fin des troubles. C'est une vie bien
dure, mais cela vaut encore mieux
que d'être pendu. Mon plus grand cha-
grin, c'est l'inquiétude que ma chaste
Suzanne....

— Votre histoire est à peu près la mienne, dit la duchesse ; mon château a été brûlé, et je ne dois la vie qu'à mon déguisement et au dévouement de cette jeune fille. Mais puisque vous avez été à Londres, dites-nous en quel état se trouve cette ville. Croyez-vous que nous puissions nous y rendre sans péril ?

—Sans péril ! s'écria Caddy ; et il leur fit une peinture si effrayante de la situation de la capitale, qu'elles ne conservèrent pas la moindre envie d'avancer de ce côté.

— Il faut donc que nous retournions du côté d'Huntington ? dit la duchesse.

— Gardez-vous-en bien, répliqua l'avocat ; et il leur représenta le danger qu'elles courroient à chaque pas de rencontrer quelque détachement de rebelles.

— Mais que voulez-vous donc que nous fassions? s'écria Alix d'un ton d'impatience.

Si on l'eût consulté sur une question de droit, Caddy n'eût pas été embarrassé; mais le cas dont il s'agissoit ne se trouvoit ni dans les Pandectes, ni dans les lois saxonnes.

— Je ne sais trop que vous dire, répondit-il en levant les sourcils; si ma chaste Suzanne étoit ici...

— Je ne vois d'autre parti que de nous diriger vers le nord, dit la duchesse; mais si vous vouliez prendre des habits de paysan et nous accompagner, il me semble que la protection d'un homme pourroit nous être utile.

Caddy n'étoit rien moins qu'un preux chevalier prêt à prendre, envers et contre tous, la défense des belles, et cette nouvelle demande le mit dans un grand embarras. Il ne se soucioit nullement de quitter un asile où il se croyoit en sûreté ; et il n'avoit pas plus envie de mécontenter la duchesse en lui faisant un refus sans l'appuyer sur une excuse spécieuse.

Heureusement pour lui, la petite Fanny arriva en ce moment, et le meunier rentra en même temps.

— Le lit est prêt, dit l'enfant.

— Eh bien, jeunes filles, profitez-en , dit le meunier ; prenez un peu de repos ; nous dînerons ensemble , et ensuite vous vous remettrez en route. Le voyage est long. Je vous réponds qu'il vous faudra plus de deux jours pour aller à Huntington.

— Papa , dit l'enfant , avez - vous songé à envoyer la farine de la mère Tomkins ? Vous savez qu'elle vous a dit qu'elle n'en avoit plus.

— Tu fais bien de m'y faire penser, mon enfant , je l'avois oublié. Ce que c'est pourtant que d'être jeune ! on a de la mémoire. Rasp (c'étoit le nom que Caddy s'étoit donné en entrant chez lui), tu vas prendre un sac de farine, le mettre sur le dos d'un cheval, et le porter à Saint-Albans, chez la mère Tomkins. Elle est bien connue , tout le monde t'indiquera sa demeure.

Pars sur-le-champ, mon garçon.

« Caddy ne se fit pas répéter cet ordre, qui venoit fort à propos pour le tirer d'embarras. Il sortit pour se rendre au moulin, et partit bien déterminé à mettre assez de temps à ce petit voyage pour être sûr de ne plus retrouver les étrangers à son retour.

Le meunier alla s'occuper des travaux de sa profession. Fanny conduisit nos deux fugitives dans la chambre qu'elle leur avoit préparée, et les y laissa, après leur avoir rendu tous les petits services dont elle étoit capable. Alix détermina la duchesse à se coucher, se plaça sur une chaise de manière à pouvoir appuyer sa tête sur le lit, et toutes deux ne tardèrent pas à s'endormir.

FIN DU SECOND VOLUME.

Titres des ouvrages de sir Walter Scott, in-12.

ROMANS POÉTIQUES, 9 VOLUMES

Tom. 1. — Notice historique. — LE LAI DU DERNIER
      MÉNESTREL, 1 volume.
  2 à 3 — MATHILDE D'ROKEBY.— HAROLD L'INTRÉ-
      PIDE, 2 volumes.
    4. — LE LORD DES ILES, 1 volume.
 5 à 6. — MARMION, 2 volumes.
    7. 1re et 2e parties. — LA DAME DU LAC — LES
      FIANÇAILLES DE TRIERMAIN, 2 volumes.
    8. — LA VISION DE DON RODERICK. — LE CHAMP
      DE BATAILLE DE WATERLOO. — THOMAS LE
      RIMEUR. — BALLADES ET MÉLANGES, 1 vol.

ROMANS HISTORIQUES, 78 VOLUMES

Tom. 9 à 12. — WAVERLEY, ou l'Écosse il y a soixante
      ans, 4 vol
   13 à 15, 1re et 2e parties — GUY MANNERING, ou
      l'Astrologue, 4 vol.
   16 à 18. 1re et 2e parties. — L'ANTIQUAIRE, 4 vol.
   19 à 21. — LES PURITAINS D'ÉCOSSE, 3 vol
      22. — LE NAIN MYSTÉRIEUX, 1 vol.
   23 à 26. — ROB-ROY, 4 vol
   27 à 30. — LA PRISON D'ÉDIMBOURG, 4 vol.
   31 à 32. — L'OFFICIER DE FORTUNE, 2 vol.
   33 à 35. — LA FIANCÉE DE LAMMERMOOR, 3 vol.
   36 à 39. — IVANHOE, ou le Retour du Croisé, 4 vol.
   40 à 43. — LE MONASTÈRE, 4 vol.
   44 à 47. — L'ABBÉ, suite du MONASTÈRE, 4 vol.
   48 à 51. — KENILWORTH, 4 vol.
   52 à 55. — LE PIRATE, 4 vol.
   56 à 58. — LETTRES DE PAUL A SA FAMILLE, 3 vol.
   59 à 62. — LES AVENTURES DE NIGEL, 4 vol.
      63. — HALIDON-HILL, 1 vol.
   64 à 68. — PEVERIL DU PIC, 5 vol.
   69 à 72. — QUENTIN DURWARD, 4 vol.
   73 à 76. — LES EAUX DE SAINT-RONAN, 4 vol.
   77 à 80. — REDGAUNTLET, histoire du 18e siècle,
      4 volumes.
   81 à 84. — HISTOIRES du temps des Croisades, 4 vol

Nota. Chaque ouvrage se vend séparément à raison
de 2 f. 50 c. le volume.

PARIS, IMPRIMERIE DE COSSON, RUE GARANCIÈRE.